神奈川県警　　　」担当
細川春菜3　夕映えの殺意

鳴 神 響 一

幻冬舎文庫

神奈川県警「ヲタク」担当　細川春菜 3

夕映えの殺意

目次

主要登場人物

細川春菜――神奈川県警刑事部刑事総務課捜査指揮・支援センターの専門捜査支援班に所属する巡査部長。二八歳、身長一五二センチで、時に女子高生に見間違えられるほどの童顔。富山県砺波市の実家は庄川温泉郷の旅館「舟戸屋」。

浅野康長――刑事部捜査一課強行七係主任、警部補。四〇歳くらい。筋肉質で長身。バツイチ。

赤松富祐――専門捜査支援班班長、警部補。経済・経営・法学系担当。

尼子隆久――専門捜査支援班、巡査部長。人文・社会学系担当。

大友正繁――専門捜査支援班、巡査部長。工学系担当。

葛西信史――専門捜査支援班、巡査部長。理・医・薬学系担当。

喜多尚美――捜査一課強行七係、巡査部長。小田原署から転任したばかりの美貌の刑事。

内田貴久――小田原署刑事課強行犯係、巡査部長。

第一章　ふたつの事件

1

窓の外はさわやかな青空に晴れ渡っている。

「……わかりました。その件については大友が戻りましたら、こちらからすぐにお電話させますので。はい、大変失礼致しました。申し訳ございません」

受話器を手にしたまま、細川春菜は額に汗をにじませて謝っていた。

「もう、なんで昼休みに電話してくるのよ」

春菜は静かに受話器を置くと、電話に向かって毒づいた。

そのとき、外食組の同僚たちがどやどやと帰ってきた。

まだ、一二時半になっていない。なんと早いご帰還だろう。

彼らがこの建物内の食堂で食事をしているのか、外へ出ているのかは知らない。

神奈川県警本部庁舎の近くには飲食店は少ない。象の鼻テラスのカフェにでも行っているのだろうか。

正規の休憩時間である一二時よりいくらか前に彼らはこの一一階のフロアを出てゆくのだが、管理職である赤松富祐班長はなにも言わない。当の赤松は出張していた。

いつも弁当は自席でこっそり食べる。健康とお財布を考えて外食はなるべく減らすようにしているのだが、何日かに一度は、同僚たちのイジリのネタになってしまう。

「おやおや、春菜ちゃん、お食事まだですかぁ？」

イタチを思わせる髪の薄い男が叫んだ。

大友正繁巡査部長。工学系の学者担当だ。

（来たっ）

春菜は内心で小さく叫んだ。

今日はまだ弁当の蓋も開けていなかった。

「はい、大友さんへのクレーム対応してましたから」

春菜は涼しい顔で答えた。

「えっ！　あたくしへのクレームですって！」

かるく大友は仰け反った。

「はい、そうです」

春菜は大友を見据えて深くあごを引いた。

「ど、どなたですか」

「西東京工業大学の三条西実範教授です」

「うわっと、三条西先生ですかぁ。先週中に書類をお戻しする約束でしたんでぇ」

両手で頭を抱えて大友は春菜を見ながら言葉を継いだ。

「あの先生、すごく嫌味がお上手な方なのよん」

「ええ、ネチネチした嫌味を一〇分くらい延々と聞かされました」

ここぞとばかりに春菜は答えた。

自席にいたのだから仕方がないが、春菜はクレーム係ではない。

「『お貸しした資料はいったい、どうなったのか。まさかチリ紙に化けていませんでしょうね？』とか『あの資料、まさか紙舞になっちゃったんじゃないでしょうね』っておかんむりでしたよ」

春菜は教授の口まねをして答えた。

「わぁ、あの人の語り口はそんなんです」

首を横に振り振り、大友は眉を寄せた。

「電話していてよくわかりました。ところで、紙舞ってなんですか？」

「たくさんの紙がひとりでに舞い飛ぶという怪異を引き起こす日本の妖怪です。一〇月頃にやってきて、誰もさわっていないのに紙が一枚ずつ舞い始めるんですよ……」

「へぇ、不思議な妖怪がいるんですね」

春菜は素直に感心した。

「いや、紙舞なんてのはどうでもいいんです。先生、ひどくご機嫌ななめなんですよね？」

「ええ、カンカンだと思いますよ。戻ったらすぐにお電話させますとお返事しておきました」

「ああ、電話しますっ」

大友は自席に座って受話器を取った。

受話器を手にしたまま、大友は平身低頭していた。

額からは、さっき春菜が流したのとは比較にならないほどの汗がしたたり落ちている。

「……はい、かしこまりました。すぐにお伺い致します。大変申し訳ありませんでした」

大友は机の引き出しをガタガタと開け閉めすると、一冊の黒い表紙のファイルを取り出してカバンに入れた。

「ちょっと西東京工業大に行ってきます」

叫び声を上げると、カバンを抱えて大友は飛び出していった。

「春菜さん、お疲れさま。大友氏に振ったんだから、ゆっくりお食事なさいましな」

キツネ男がニヤニヤ笑いをうかべた。

尼子隆久巡査部長は人文・社会学系の学者担当だ。

背は高めで痩せて神経質な雰囲気を漂わせている。

「食欲なくなっちゃいました」

春菜は素っ気ない調子で答えた。

「大友さんのミスであって、あなたの問題ではないわけですし、気になさることはありませんよ」

タヌキ男がいつもの、のんびりした声で言った。

葛西信史巡査部長。理・医・薬学系の学者と医師等の担当である。

丸顔に似つかわしくぽっちゃりとしていて背はあまり高くない。

本当はお腹は空いていた。しかし、このふたりの前で弁当箱を開けたくはなかった。

気にしているのは大友の話ではない。手ぐすね引いているふたりの存在なのだ。

「さ、わたしたちにご遠慮なく」

「好きにお食事なさってください」

そう言いつつも、尼子も葛西も立ったままである。

魂胆はわかっている。

だが、このフロアでほかに弁当を食べられるようなスペースはない。

(別にいいや)

春菜は開き直って、デイパックから弁当箱を取り出した。すでに買っておいたペットボトルのお茶は机の上で汗を掻いてしまっている。

弁当箱を包んでいるランチラッパーの面ファスナーをベリベリと剝がした。

本当はパンダ柄かなにかのかわいい布で包みたいのだが、彼らになにを言われるかわからない。春菜はネイビーの地味なランチラッパーを使っていた。

あきらめがちに、春菜は弁当箱の樹脂蓋を取った。

今日は冷凍トンカツを揚げてご飯に載せてきた。まわりには千切りにしたキャベツとニンジンのグラッセを添えた。

「わーお、これはすごいっ」

尼子が素っ頓狂な声を上げた。

「おお、なんと!」

葛西も調子を合わせた。

だが……。

先日の海苔だんだんでは、尼子は瞬時にマーク・ロスコとかいう画家の抽象画だとのたまった。大友も葛西も同じように感じていたと思う。

実際に葛西から見せられた『無題　1967』の写真は、桜でんぶを添えた海苔だんだんと似ていた。

ワンテンポあるということは、ふたりともからかいのネタを考えているのだ。

「これはアンコール遺跡ではないですか」

尼子はさも感心したような声を出した。

「春菜さんはトンカツとご飯で古代遺跡を再現なさったわけですね」

葛西はとぼけた声で相づちを打った。

「そうですとも、カツが石造りの部分でまわりのキャベツが草地の部分。芸が細かいですな」

嬉しそうに尼子は春菜の弁当を指差した。

「コーケー遺跡にも似ていますな」

スマホを取り出して、葛西は画面を春菜に見せた。

「こちらがアンコール遺跡……で、こちらがコーケー遺跡です」

葛西は画像を切り替えた。

ドローンかなにかで遺跡を真上から撮った画像だった。

そう言われてみれば、トンカツと草地……ではなかったトンカツとキャベツがなんとなくそう見えなくもない。

「そのギャグ六〇点ですね」

春菜は愛想なく言った。

「はぁ、似ていると思いますがねぇ」

浮かない声で葛西は食い下がった。

「しかし、細川嬢に俯瞰工学の心得がおありとは意外でしたねぇ」

尼子が感に堪えないような声を出した。

「俯瞰工学なんてものがあるんですか」

つい、春菜は訊いてしまった。

「東京大学に俯瞰工学研究室という総合研究機構がありましてねぇ。現在は都内の恵比寿に一般社団法人の俯瞰工学研究所も設立されています」

したり顔で尼子は言った。

「空から眺めて建物の研究をする学問が存在するのですか」

よせばいいのに、春菜は問いを重ねた。

「いや、そういう学問ではなく、もっと幅広い研究です。時間的俯瞰、地政学的俯瞰、書誌的俯瞰、関係性俯瞰によって日本の未来を俯瞰してゆくというような内容です」

ケロリとした顔で尼子は答えた。

要するに春菜の無知をからかっているのだ。春菜のこれからの人生に俯瞰工学なるものが役に立つとは思えない。

ムッとして春菜は弁当に箸をつけた。

無言で箸を使う春菜の雰囲気に気圧（けお）されたのか、尼子と葛西は自席に座って資料を読み始めた。

こんなイジリは日常茶飯事だ。次の瞬間には、もう平静な気分に戻っていた。

春菜はふたりの存在を忘れて、カツ弁当を食べ終えた。

しかし、この班の同僚たちには春菜をイジる以外の楽しみはないのだろうか。

彼らはいつも小難しい顔で仕事をしている。

イキイキとしているのは、春菜にこうした嫌がらせをしているときくらいだ。

そう言えば、先日、箱根に行って名探偵ぶりを発揮していたときの大友は実にイキイキとしていた。が、あんな表情を見るのは珍しい。

春菜が捜査指揮・支援センターの専門捜査支援班に異動してあと二週間ほどで二ヶ月にな

る。

刑事部刑事総務課に属するこのセクションは、各分野で専門知識を持っている学者などから、捜査の参考になる専門知識を収集する役目を担っている。

従来は刑事部の各課や捜査本部、所轄刑事課などで個別に問い合わせていた内容を、専門捜査支援班でまとめて専門家に照会しているのである。

各部署がバラバラに質問する、いままでのスタイルを一本化したことによって照会の効率を上げるメリットも大きい。しかし、さらに重要なのは、赤松をはじめとする四人はそれぞれの分野についての専門的な知識を持っていることである。

専門家と面と向かっても、ふつうの刑事ではピンボケの質問しかできないことも少なくない。また、専門家の説明を理解するのにも時間が掛かる。その点、この班のメンバーならば、的確な質問ができるし、専門家の説明もじゅうぶん理解できる。専門捜査支援班に大学院などで専門知識を得た四人が集められた効果は高いのだ。

ちなみに赤松班長は経済・経営・法学系の学者を担当しているが、春菜にはなんの専門知識もない。もちろん、大学院で学んだ経験はなかった。

春菜がなぜこの班に配属されたかは本人にもわからない。

おそらくは、春菜が担当するのが学者などではなく、登録捜査協力員だからであろう。登録捜査協力員は捜査に協力してくれる一般の神奈川県民に、あらかじめ登録してもらっておく。専門捜査支援班で必要と判断したときに、協力員が持つ広範な知識から情報を収集するという趣旨で設けられた。だが、協力員の実態は、各分野のヲタクなのだった。幅広い分野にまたがる彼らの知識に対応できる者は警察内部にはいないはずだ。

春菜の前任者はヲタク相手の仕事に耐えられなくなって警察官を辞めた。自分はいつまで続けられるか、春菜はいささかの不安を感じていた。

2

食事を終え歯磨きを済ませて自席へ戻ると、専門捜査支援班の島に近づいて来る男の姿が目に入った。

捜査一課強行七係主任の浅野康長警部補だ。

がっしりした長身をグレーのジャケットに包み、右手には紙袋を提げたいつもの姿だ。

だが……。

後ろに背の高いひとりの女性を伴っている。

ひっつめ髪で黒いパンツスーツ姿からすると、同僚なのだろう。

目が覚めるほど美しい。

細面に鼻筋が通って目鼻立ちが鮮やか。きりっとしているが女らしい。

「お疲れさまです」

春菜はぼんやりと声を掛けた。

尼子も葛西もぼーっと見とれている。

「おう、細川、元気そうだな。赤松も大友もいないのか」

康長は快活な声で答えた。

「はい、元気です。すみません、おふたりとも出張中です」

「うちの新人を、この班の連中に紹介しようと思ってな」

康長は女性に向き直ってにこやかに言った。

「七係の新人さんですか」

春菜は女性の顔を見た。捜査一課は各所轄から生え抜きの刑事が配属されるポジションである。女性はそんな捜一にふさわしい優秀さを備えているのだろう。

「新しく七係に配属になった喜多だ。今日はちょっと手が空いているので連れてきた。階級は巡査部長。君らと同じだ」

「喜多尚美です。小田原署刑事課強行犯係から異動してきました。本部勤務は初めてです。

どうぞよろしくお願いします」

尚美は几帳面な感じで身体を折った。

年齢は春菜と同じくらいだろうか。

「細川春菜です。こちらこそです」

春菜はにこやかに答えた。

「ヲタク軍団の親分だ」

康長が冗談めかして右眉をひょいと上げた。

「え……」

尚美は絶句した。黒い大きな瞳が見開かれた。

「いえ……わたしは一般の方にご協力頂いている登録捜査協力員の皆さんの担当なんです」

言い訳するような口調で春菜は答えた。

「そいつらがヲタクなんだよ。鉄チャンに温泉ヲタク、ほかにも各ジャンルもろもろ。でね、細川は先月、そんなヲタクの協力を得て難事件をふたつも解決したんだよ」

嬉しそうに康長は言った。

「すごい方なんですね！」

瞳を輝かせて尚美は小さく叫んだ。

「わたしの力じゃないんです。たまたま運がよかっただけで」

春菜としては身のすくむ思いだった。

「まぁ、そんなに謙遜しなさんな。とにかく細川は実力あるぞ……ほかのふたりも紹介しとくな。そっちが尼子」

ガタッと椅子の音を立てて尼子が起立した。

「尼子です。人文・社会学系の学者先生を担当しております」

しゃちほこばって尼子はきまじめに答えた。

春菜と初対面のときとはずいぶん態度が違う。お得意の「セ・ドゥ・ラ・シャンス！」はどこに行ったのだろう。

「よろしくお願いします」

尚美はにこやかにほほえんでかるく頭を下げた。

「はい、どうぞよろしくお願いします」

緊張した声で尼子は深く身体を折った。

女性らしい女性に対しては、尼子はかくも恭敬な態度を見せるものなのか。

彼女がここで弁当を食べていてもマーク・ロスコだの、アンコール遺跡などと持ち出さないだろう。

「隣に立ってるのが葛西だ」

いつの間にか葛西も椅子から立ち上がっていた。

「はじめまして。よろしくお願いします」

ふたたび尚美はにこやかに頭を下げた。

「理・医・薬学系の学者さんとお医者さんの担当です。まぁまぁ、よろしく」

葛西はのんびりとした声を出してあごを引いた。

こちらは、春菜の初対面のときとあまり変わらないか。だが、目尻が下がっている。

「いやぁ、こんな素敵な方が捜一にいらっしゃるとは、実に驚くべきことですねぇ」

気取った調子で尼子は言った。

「まったくもって意外ですなぁ」

葛西は何度かうなずいて賛意を示した。

なんだか、ふたりとも締まりのない顔をしている。

春菜は笑いをこらえた。

「言い忘れてたけどな、喜多は黒帯なんだ」

おもしろそうに康長は言った。

「黒帯って言いますと……」

ぼんやりと尼子は訊いた。ふつうの警察官なら武道の段位持ちであることはわかるはずだが、さすがに教養ヲタクだ。

「柔道の有段者なんだ。それだけじゃない。県警の柔道・剣道大会への出場経験もあるんだぞ」

「ゲッ！」

尼子は全身をこわばらせた。

「とてもそんな風には見えないですねぇ」

葛西はのんびりとした口調で言った。

たしかに尚美の体格から柔道の実力者だとは想像しにくい。

「おまえらちょっかい出すと、締め落とされるぞ」

康長はニヤニヤしながら尼子と葛西を交互に見た。

「じ、冗談でしょう」

「僕たちはそんな……」

ふたりとも顔の前でせわしなく手を振った。

「わたしの柔道はたいしたことはありません。やっぱり小さい頃から専門にやっていた人でないと……」

尚美は恥ずかしそうに身をすくめた。

「あと班長の赤松と、大友って巡査部長がいる。大友は先月の事件では名探偵ぶりを発揮したんだ。会わせたかったんだが、出張中で残念だな」

康長はお世辞でもなさそうに大友をほめた。

「専門捜査支援班の皆さんは優秀な方たちばかりなんですね」

尚美は心底感心したように言った。

「まぁ、ここだけはいい連中だな」

康長は自分の頭を指差して言葉を継いだ。

「だけど、細川以外の連中は知識ヲタクっていうか、まぁ教養ヲタクだ」

春菜は噴き出してしまった。

「失礼な。わたくしは教養ヲタクなどではありませんよ」

尼子は目を怒らせて尖った声を出した。

「まぁ、そうムキになるな。冗談だ。ところで、細川に聞いてもらいたい話があるんだが……」

「はい。いつもの部屋、空いてるか見てきますね」

春菜はさっそく立ち上がってフロア奥の小会議室を見に行ったが、どの部屋もあいにくとふさがっている。

「すみません、いま使える部屋がないみたいです」

帰ってきて報告すると、康長は明るい声で首を横に振った。

「いいよ、ここで。赤松の席借りるよ」

赤松班長の席に康長はどかっと腰を下ろした。

「喜多も座れよ」

康長が大友の席を指差した。

「失礼します」

尚美はかるく頭を下げて大友の椅子に座った。

尼子と葛西も自分の椅子に座った。

「あのさ、細川と俺たちの分しか買ってこなかったんだ」

康長は紙袋をゴソゴソやると三本の緑茶のペットボトルを机の上に置いた。

「いや、僕たちはいいですよ」

葛西が顔の前で手を振った。

このフロアの給茶機の茶はまずい。まるで、干し草を煮出したようなひどい味だ。

そのことを最初に会ったときに康長に言った。すると、康長はこの島を訪ねるたびにペットボトルのお茶を持ってきてくれる。それにしても、紙袋はどこから持ってくるのだろう。

「いただきます」

春菜はペットボトルを手に取って口もとに持っていった。

康長と尚美もお茶に口をつけた。

尼子たちは資料に目を通し始めた。

「さてと、本題に入ろう。いま、俺が首を突っ込んでいる事案があるんだ。現場(ゲンジョウ)は小田原市の根府川(ねぶかわ)だ。細川は行ったことがあったよな」

「ええ、前の事件でお墓参りに行ったときに、根府川駅で下りましたから」

春菜がこの部署に来て最初の事件の後の話だった。根府川から石橋集落の宝寿寺(ほうじゅじ)という寺院までの四キロほどを歩いた。海がよく見える素朴な駅だという記憶は鮮明に残っているが、詳しいことは覚えていなかった。

「俺は隣の早川からタクシーを使ったんで、根府川には行っていないんだ。ともあれ、現場は根府川駅を見おろす裏山というか、県道７４０号をはさんだ崖上に建つレンタルコテージだ。五月六日の水曜日、連休最終日の話だ。薄田(うすだ)兼人(かねと)という二九歳の会社員が死んでいたんだ」

さらっとした調子で康長は言った。

「事件性があるのですか？」

殺されていたと言わなかったことに春菜は気づいた。

「死因は一酸化炭素中毒だ。小型の七輪で練炭を焚いたんだ。遺体発見時の午前九時半頃でも〇・五パーセントほどの濃度だった。これは人間が一、二分で中毒死する高濃度だ。司法解剖も行われ、死亡推定時刻は六日の午前四時頃と判断された。だが、これといった外傷もなく、少量のアルコール以外には薬物も検出されなかった」

「自殺ということでしょうか」

「コテージの部屋は内側から施錠され密室状態だった。さらに遺書らしきものもあった。薄田さんのスマホが残されていたんだ。このなかに入っていたメモアプリに遺言と思しき内容が残されていて、表示される状態になっていた」

「どんな内容だったんですか」

「それがな、『あの海岸で犯した罪を償います。根府川駅のベンチの向こうの夕陽の海に飛び立ちます』というものだった」

「該当する犯罪はあるんですか？」

「あった。殺人事件だ。根府川の事件からちょうど一年ほど前、昨年の五月五日、日曜日の夜に国府津海岸の砂浜で堀内久司という当時二七歳の会社員が撲殺されていたんだ。遺書は具体的な名前を出しているわけではないから断定的には言えないが、『あの海岸』という言葉が国府津海岸を指す可能性は高いと推測できる」

「その事件の犯人は検挙できていないのですね」

　康長は渋い顔でうなずいた。

「残念ながら未解決事件だ。すでに一年を経過しているので捜査本部も解散して専従捜査班が捜査している」

「目撃者などもいなかったんですか」

「地取りも鑑取りもはかばかしくない。近くの道路に停まっていたクルマは本人のものなんだが、これといった遺留品も見つかっていない。小田原署で捜査を継続してはいるが、このまま迷宮入りするおそれが強いんだ」

「根府川で死んでいた薄田さんは、その国府津海岸の堀内さん殺しの犯人が自分だと言っているかもしれないっていうわけですね」

「うん、その通りだ」

「では、自殺なのではないですか？」

「根府川の所轄の小田原署でも自殺の方向に傾いている。小田原署から捜一に相談があったんでうちでも検討しているんだけど、やはり自殺で処理することになりそうな雰囲気なんだ。つまり捜査は打ち切りになる。薄田さんは独身で川崎市多摩区のアパートに住んでいた。愛媛県出身のサラリーマンで、都内にある大手のドラッグストア勤務だった。遺体は故郷の両親が引き取った。自殺ということにショックを受けていたが、とくに疑いをさしはさむようなこともなかったそうだ」

あいまいな顔つきで康長は言葉を切った。

「でも、浅野さんは納得していないんですね」

「顔に書いてあるか？」

ちょっと顔をしかめて康長は笑った。

「だって、自殺に納得していたら、わざわざそんな話をしに、ここへ来ないでしょう？」

「ま、そういうわけだよ。まず遺書が気になるんだ。スマホに打ち込んだ遺書は誰が書いたかはわからない」

「犯人が書いた可能性もあるんですよね」

「ふつうにあり得るだろ？　内容も堀内さん殺しの犯人を薄田さんに押しつけているようにも見られるじゃないか」

「ふたつの事件の犯人が同一という可能性もありますね」

康長は大きくうなずいた。

「そうなんだ。とにかく根府川の現場に行ってみたいと思うんだよ。細川、忙しいか？」

「わたしは大丈夫ですけど」

春菜の声はしぜんに弾んだ。ちょっと嬉しい。自席にずっと座っているのは性に合わない。たとえ、赤松と大友が留守であっても……。

「赤松には後で俺が断っておく。クルマ借りてあるから、すぐに出よう」

康長は機嫌のよい声を出した。

「ちょっと待ってください」

意外なところから声が掛かった。葛西だった。

「葛西、どうした？　なんか文句があるのか？」

康長は不機嫌そうに訊いた。

「いや、そんなことじゃありません。先週の現場は根府川駅至近で発生し、昨年の現場は国府津海岸の可能性が高いっておっしゃいましたよね」

「ああ、そうだ。それがどうかしたか？」

「国府津海岸のどの辺ですか？」

「ちょっと待ってみ」

康長はポケットからスマホを取り出してタップした。

「だいたいこのあたりだ。森戸川(もりどがわ)の河口付近だな」

目の前に突き出された画面を葛西はしげしげと覗き込んだ。

「やっぱりそうだ」

「なにか心当たりがあるのか」

「この二箇所って、関連性がありますよ」

葛西は自信たっぷりに言った。

「なんだって！」

康長は驚きの声を上げた。尚美はハッとした表情を見せたが、春菜も驚いた。

「どんな関連性があるって言うんだよ」

「いわゆる『聖地』なんですよ」

嬉しそうに葛西は言った。

「聖地ってなんだよ？」

康長はぼんやりとした声で訊いた。

待ってましたとばかりに葛西は口を開いた。

「本来の意味は、ある宗教に特別の意味を持つ土地を指します。文字通り聖なる地というわけですね。本山のある場所ですとか、開祖などにまつわる重要な宗教的事件のあった場所などですね。たとえば、キリスト教ではエルサレム、バチカン、コンスタンティノープル、サンティアゴ・デ・コンポステーラの四箇所が聖地として挙げられます。イスラム教ではメッカ、マディーナ、エルサレムの三箇所です。仏教には八大聖地があります。藍毘尼（ルンビニ）、仏陀伽耶（ブッダガヤ）、鹿野苑（サールナート）、王舎城（ラージギール）、祇園精舎（サヘート・マヘート）、毘舎離城（ヴァイシャリ）、拘尸那掲羅（クシーナガラ）、僧伽舎（サンカーシャ）がこれです。ルンビニはネパール南部にある小さな村ですが、お釈迦さま、つまりガウタマ・シッダールタの生誕の地とされています。また、インド北東部のブッダガヤは釈迦が菩提樹の下で悟りを開いた土地です。また、同じエリアのサールナートは釈迦が初めて……」

「ちょっと待った！」

モノに取り憑かれたように話し続ける葛西の言葉を、康長が激しくさえぎった。

「はぁ……なんでしょうかね」

葛西は興を削（そ）がれた顔つきで答えた。

「俺は出家するつもりはないんだ。ネパールやインド旅行に行く予定もないし、イスラム教にもキリスト教にも興味はない。そのあたりはぶっ飛ばして小田原の話に戻してくれ」

康長は平板な調子に戻って言った。

「ああ、わかりました。聖地という言葉は、いま述べた宗教的聖地から派生して、ほかの意味にも使われるようになりました。たとえばスポーツの場合ですと、高校野球の甲子園、高校ラグビーの花園ラグビー場のように決勝戦が行われる会場などが聖地と呼ばれますね。また、コミックマーケットの会場である東京ビッグサイトや、ヲタクにとっての秋葉原なども聖地と呼ばれてきました。さらに、これが僕が使った聖地という言葉の意味なのですが……」

「最初からそれを言ってくれ」

康長はイライラして急かしたが、葛西は平然とした顔で続けた。

「意味が転じて、ドラマ、映画、マンガ、アニメ、小説の舞台となった土地など、ファンにとって思い入れのある場所が聖地と呼ばれるようになりました。現在はこの意味で使われることが多いです。一九九〇年代にテレビドラマ『北の国から』の舞台である北海道の富良野(ふらの)にファンが集まった現象あたりが萌芽とされています。その後、二一世紀に入って、おもにアニメで描かれた舞台となっている土地を聖地と呼ぶ現象が生まれました。おもしろいのは場所が明示されないケースも多く、ファンが作品から見つけ出してその土地を訪ねるような行動が増えてきました。二〇〇七年に放送された『らき☆すた』あたりから『聖地巡礼』などという言葉も生まれてきたのです。この言葉は徐々に市民権を得てゆきました。二〇一六年にアニメ映画『君の名は。』が大ヒットし、舞台となっている岐阜県飛騨地方を多くの人が巡礼したことから、その年の『ユーキャン新語・流行語大賞』では『聖地巡礼』がトップ10入りしています。さらにこの聖地巡礼の現象は海外にまで広がりました。多くの国からアニメファンが聖地を目指し来日するようなケースが増えていったのです」

「あ、『スラムダンク』の聖地の鎌倉高校前駅近くの踏切とかですね」

春菜は詳しいことはよくわかっていなかったが、たくさんの観光客が訪れるようすをテレビで見た記憶があった。

我が意を得たりとばかりに葛西はうなずいた。

「そうです、そうです。『スラムダンク』は一九九〇年代に放送されたアニメですが、そのオープニングには江ノ電鎌倉高校前駅の至近にある踏切が使われました。海外で放映されて人気を博し、外国人観光客が押し寄せました。とくに台湾からは多くのファンがこの地を訪れました。日本の内閣府もアニメやマンガが海外からの観光客誘致につながることに着目し、聖地巡礼を『アニメツーリズム』と呼んでクールジャパンの一環として関連事業の推進に力を入れてきました。聖地を擁する各地方自治体でも同じような動きが見られます」

「あ……」

葛西の言葉に四月の事件の悲しい想い出が、春菜の胸に蘇った。

箱根町も『エヴァンゲリオン×箱根２０２０』という事業を推進していた。

口に出すのはつらすぎたが、葛西は春菜の感情の動きには気づかずに言葉を続けた。

「二〇一六年にはＫＡＤＯＫＡＷＡ、ＪＴＢ、ＪＡＬなどが一般社団法人『アニメツーリズム協会』を設立しました。この協会は翌年には『訪れてみたい日本のアニメ聖地88』を発表し、年々聖地を選んでいます。まぁ、いまやアニメ聖地や聖地巡礼はすっかり市民権を得ているといってもよいでしょうな」

自信たっぷりに葛西は言った。

葛西がアニメファンというのは実に意外な話だった。

尼子は平気な顔で書類を読んでいる。とっくに知っていたのだろう。

「アニメ聖地については、よーくわかった。いい加減に小田原の話につなげてくれないか」

貧乏揺すりを繰り返しながら、康長は声を裏返した。

いらだちが最高潮に達しているようだった。

「ご理解頂けて嬉しいですよ」

葛西はケロリとした顔で答えた。

「これ以上ないってくらい理解した。だからな、現場が聖地だってことの話をしてくれ」

「かしこまりました。今回の第一事件の現場は国府津海岸、第二事件の現場は根府川駅ですね。このふたつの場所は『ラブライブ！』の聖地として大変に有名なのですよ」

葛西はいささか興奮気味に言った。

「……細川、喜多、『ラブライブ！』って知ってるか？　俺は初めて聞いた」

康長は春菜たちに向かって尋ねた。

「えー、名前は聞いたことがあります。なんか女子高生がたくさん出てくるアニメですよね」

有名なのだろうが、春菜はアニメを見たことはなかった。

最近、東急東横線に乗ったとき、横浜駅で制服姿の女の子たちが並んでいる特大ポスターを見たが、それほど興味を引かれなかった。

「よく知りません」

尚美は首を小さく横に振った。

「膨大なシリーズになるので、ご説明には時間が掛かると思いますが、そもそも『ラブライブ！』はただのアニメではありません。ＫＡＤＯＫＡＷＡ、ランティス、サンライズの三社によるシリーズ化を前提としたメディアミックス・プロジェクトの第一作となります。まずは二〇一〇年にＫＡＤＯＫＡＷＡ系の『電撃G's magazine』でマンガ連載が始まり、小説、音楽アルバム、アニメ、ヴォイスドラマ、演じている声優たちが現実にアイドル活動をするなど、きわめて多角的な展開を各社で行った企画でして……」

康長は右手を大きく振って葛西の言葉を止めた。

「いや、全体像はどうでもいいんだ」

「現在もこのプロジェクトは進行中なのですが、よろしいのですか？」

葛西はくそマジメな顔で訊いた。

「頼むから、現場に関係する話だけにしてくれ」

あたかも哀訴するような声で康長は言った。

「承知しました。では、本事案に直接関係する第一作『ラブライブ！』のストーリーからご説明しましょう。こちらは第一期が二〇一三年、第二期が二〇一四年にTOKYO MX、読売テレビ、テレビ愛知、BS11で放送されたアニメなのですが……」

「簡単に頼む」

ふたたび康長は急かした。

「では、ごくかいつまんでストーリーをお話ししましょう。千代田区にある国立音ノ木坂学院という学校に通う九人の女生徒たちが、廃校の危機を救うためにμ'sというアイドルグループを結成します。彼女たちはスクールアイドルの甲子園と言われるラブライブ！を目指して路上ライブや合宿などで自分たちの歌やダンスを磨いてゆきます。そんな九人の奮闘ぶりと成長する姿を描いた青春学園ストーリーが『ラブライブ！』です。たくさんの聖地を持つアニメで、いちばん有名なのは音ノ木坂学院の近くという設定になっている神田明神や、境内に続く男坂の階段です。何度も登場しますので。それから……」

葛西の言葉を康長が聞きとがめた。

「おい、いまどこって言った？」

「神田明神と境内に続く男坂の階段ですが」

きょとんとした顔で葛西が言った。

「たしかに神田明神だな」

康長はスマホを取り出して、画像を探している。

「これさ、薄田さんの遺留品のザックに付いていたお守りなんだよ」

画面には守り袋両面の写真が映し出されていた。

薄紫色の絹地のような表面には、「神田明神」の赤い四文字が中央に並び、かたわらにはふたつの流れ三つ巴が濃い紫で描かれていた。きれいだが、ただの守り袋である。

問題は裏面だった。赤い「御守」の文字の横には三頭身の巫女がアニメ調で描かれ、その下にピンク色で『ラブライブ！』のロゴが記されている。

「これって『ラブライブ！』のお守りじゃないですか。裏面にロゴが入ってますよ」

春菜は思わず叫んだ。

尚美も目を大きく見開いて画面に見入っている。

「どうしていままでこのお守りのこと、教えてくれなかったんですかぁ」

葛西が口を尖らせた。

「いや、だってただのお守りじゃないか。そんなに意味があるとは思ってなかったんだよ。

ほら、俺、最近のアニメなんてあんまり知らないからさ」

康長は頭を掻いた。

「でも、これで薄田さんが『ラブライブ！』のファンである可能性は極めて高くなりましたよ」

春菜の言葉に葛西は覆いかぶせるように言った。

「いや、ファンだと思いますよ。神田明神に聖地巡礼して、このお守り買ってるんですからね」

「わかった。たしかに薄田さんは『ラブライブ！』のファンと考えても差し支えないだろう。だとすると、国府津海岸と根府川の話が重要になってくるかもしれないんだな」

康長は説明の続きを促した。

「第一現場の国府津海岸と第二現場の根府川駅は、ともに『ラブライブ！』テレビアニメの第二期第一一話に登場します。メンバーのうちの三年生が卒業した後のμ'sがどうなるのかが明らかにされる大切な回なのです。九人はそれぞれが行きたい場所に行って遊ぶのですが、最後に夕陽の美しい国府津海岸で後輩たちの一、二年生六人が全員で決めたことを伝えるのです。ラブライブ本大会が終わったらμ'sはおしまいにするというのが後輩たちの結論でした。視聴者の誰もがせつなくなる場面です。耐えられなくなったメンバーのひとりが根府川駅に向かって走り出し、ほかの子たちも駅に戻ります。駅の入口にある証明写真機で一緒に想い出の写真を撮ったあと、九人はホームで号泣します。第一一話の盛り上がりが最後の一二、一三話のクライマックスに続きます。このシーンのおかげで国府津海岸と根府川駅は聖地88には入っていないものの『ラブライブ！』の聖地としてたくさんの巡礼者が訪れるようになったのです。いやぁ、非常に感動的なシーンでしたよぉ」

　葛西はちょっと目を潤ませた。

「おい、待ってくれ。国府津駅と根府川駅の間には鴨宮、小田原、早川の三つの駅があるじゃないか。東海道線で十数分もかかるはずだ。国府津海岸から根府川駅まで一三、四キロはあるだろう。だのに、その子たちは駅まで走ったというのか。事実関係に明らかな虚偽が含まれているぞ」

　康長が険しい声で詰め寄ったので、春菜は噴き出しそうになった。

「いや、あくまでもフィクションですので……たとえば重要なアイテムの証明写真機も根府川駅にはなくて、国府津駅から移したようですし……」

　葛西はとまどいながら答えた。

「どうも納得がいかないな。それならば根府川駅近くの海岸か、国府津駅のホームを使えばいいじゃないか」

不服そうに康長は言った。

そんなことに目くじらを立てなくてもよさそうなものだ。康長の感覚は刑事らしいとも言える。小さな矛盾を追いかけてゆくのが刑事だ。

「いや、そりゃあ、絵的に美しい場所を使いたかったのだと思いますよ。国府津海岸の感動シーンの背景に西湘(せいしょう)バイパスが通ってるのも、オレンジ色に染まる海の右手に真鶴(まなづる)半島が延びているのもとてもきれいです。根府川海岸ではこうはいきません。また、国府津駅はホームから海が見える点ではきれいですが、駅舎が四階建てのRC構造のビルなのでムードが出ません。根府川駅は木造のぽつんとしたかわいらしい駅舎なので、絵面がとてもいい感じなんですよ。アニメの世界にはそうした美しさが不可欠なんです」

葛西は熱っぽく反駁(はんばく)した。

「まぁ、アニメと現実の位置関係との乖離(かいり)については理解できた。薄田さんは神田明神の『ラブライブ！』のお守りを持っていたわけだし、いずれにしても、今回のふたつの事案にそのアニメが関係している可能性は低くはなさそうだな」

康長は鼻から息を吐いた。

「位置的に離れているからこそ、関係していると思いますよ、僕はですね。なにせふたつの土地はラブライバー、つまりファンにとってとても大切な聖地なんですからね」

言葉に力を込めて葛西は言った。

「ラブライバーねぇ」

あきれたように康長は言った。

「世の中には数多くのラブライバーがいるんですよぉ。著名人にも少なくないです。声優の寺島拓篤さん、ジャニーズアイドルの宮田俊哉さん、新日本プロレスのグレート-O-カーン選手などが自らそう名乗っています」

「あのヒール役のいかつい男がそうなのか……」

康長は唖然としたように言った。

「女性も少なくないですよ。たとえば、俳優の武田玲奈さんやタレントの中川翔子さんなどですね」

「で、葛西もラブライバーなわけか？」

康長はにやっとして訊いた。

「まぁ、そこまで入れ込んでいるわけではないですが……」

葛西は頬を染めてうつむいた。

「薄田さんのスマホに通話記録やメッセージのやりとりなどはなかったのですか」

春菜はいままで質問したくて我慢していたことを尋ねた。

「おお、肝心の話をしていなかった。葛西の話がくどいからだ」

康長は唇の端で笑った。

「いや、僕は浅野さんに質問されたことをご説明してただけですよ」

葛西は口を尖らせた。

「で、浅野さん、記録は残っていないんですか？」

身を乗り出すようにして春菜は答えを促した。

「電話の通話記録やメール類は愛媛県の両親と仕事関係しか見当たらなかった。また、メールの内容に不自然なものはなかった。電話番号やメアドは両親と勤務先の上司や同僚、取引先のみだ。友人や知人などプライベートな連絡先は見つからなかった。ＬＩＮＥなどのメッセージツールは使っていなかったみたいだ」

康長は淡々と話した。

「仕事用と二台持ちだったんでしょうかね」

春菜の私物のスマホには、友人知人の連絡先が三〇名以上は記録されている。

「いや、契約しているスマホは一台だけだった」

あっさりと康長は首を横に振った。

「ちょっと不思議な気がしますね。不都合な記録を犯人が消去したのではないでしょうか」

春菜は違和感を覚えて訊いた。

プライベートの連絡先が残されていないのは不自然だ。

「仕事の通話記録やメールなどは残っているので、上はそう考えてはいない。ま、俺も過去のメールや通話記録はしょっちゅう消しているからな」

康長はさほど違和感を覚えてはいないようだった。

「とにかく現場に行ってみることにするよ。細川、出かけるぞ」

「はい、いつでも出られます」

春菜としてはとくに支度はなかった。

「あの……僕もご一緒していいでしょうか？」

葛西が遠慮がちに申し出た。

「そうだな、アニメヲタクの葛西にも来てもらったほうがいいかもしれんな」

康長は即座に賛同した。

「いえいえ、いえいえ。僕はですね、決してアニヲタなどではないです。ただ、そういった現象を研究対象としているだけです」

口を尖らせて葛西はあまり説得力のないことを主張した。

「尼子、かまわんだろ」

葛西の言葉を無視して、康長は尼子に訊いた。

「わたしは別にかまいませんよ。今日はこれから出かける予定もないですし」

尼子は愛想なく答えた。

「じゃ、すぐに出発だ」

康長の言葉に春菜たちはいっせいに立ち上がった。

3

空はよく晴れていた。

ガンメタのバンのステアリングを康長が握り、助手席には葛西が座った。春菜は後部座席の左側に座り、隣に尚美が座っていた。

「喜多さんは本部は初めてなんですね」

春菜は尚美に何気なく尋ねた。

「ええ、小田原署の強行犯に三年いました。その前は同じ小田原署の地域課で無線警ら車に乗ってました」

尚美はにこやかに答えた。

「それにしても、強行犯係から捜査一課なんてすごいですね」

春菜は素直な驚きの言葉を口にした。

強行犯係と捜査一課は殺人、強盗、誘拐、放火などの凶悪事件の捜査にあたる。いわば刑事のなかの刑事が所属する部署だ。さらに強行犯係の刑事の生え抜きが捜査一課に異動する。

「そういう荒っぽい仕事が、性に合ってるんですかね」

尚美は気負いなく答えた。

「細川さんはどちらにいらしたんですか？」

「わたし刑事課の経験はなくて、生安課畑なんですよ。この春に江の島署の防犯少年係から異動になってきたんです。だから本部の経験はほとんどないんです」

「じゃあ、お互い本部では新米ですね。よろしくお願いします」

尚美は親しげな笑みを浮かべた。

「こちらこそよろしくです」

春菜はかるく頭を下げた。

捜一に配属されるくらいだから、尚美は敏腕刑事であるはずだ。

だが、その物腰はやわらかく話し方はやさしい。

こういう女性こそ、いざとなると強いのだろう。春菜は好感を持った。

「少年相手も大変だったでしょ」

「まぁ、いろいろとつらいこともありましたね。でも、慣れていましたから。それに比べると、いまの部署は万事に不慣れで……」

春菜は助手席をちらっと見たが、葛西は黙って下を向いている。

「地域課でパトカーに乗ってる頃、刑事に憧れて刑事の試験受けたら受かっちゃったんです。それで刑事課に異動になりました」

所属長などの推薦を受けた上で受験できる刑事の試験は大変な倍率だと聞いている。

「すごいですね！」

春菜は素直な驚きの声を発した。

「でもね、刑事課ではあんまり活躍できなくて、わたし、もともとドンくさいから……」

尚美はしょげたような声を出した。

が、この言葉はそのままには信じられない。

「ウソ、刑事課でも活躍したんでしょ」

春菜は冗談めかして言ったが、尚美はほほえんで黙っていた。

「どっちにしても喜多はこれからはこき使われるぞ。珍しくいまの七係にはゆとりがあってな。今日の午後は喜多を連れて出られたけど、またすぐ、細川とは顔も合わせられなくなるかもしれないな」

ステアリングを握っている康長が背中で言った。

そんな話をしている間に、クルマは小田原市に入った。

経路には東名から小田原厚木道路というルートを使ったので、海に出たのは早川ジャンクションから西湘バイパスの石橋支線に入ったところだった。

銀色に輝く相模湾と背後の澄んだ青空に、春菜のこころは弾んだ。

石橋の料金所で西湘バイパスは終わり、四人を乗せたバンは伊豆半島へと続く国道135号線へと入った。

海はかなり明るめの青色に染まっている。

左側の車窓から外を眺めていると、まるで海の上に敷かれた道路を通っているような錯覚に陥る。

前回、温泉好きの大友は強羅あたりからおしゃべりが止まらなかったが、対照的に葛西はほとんど口を利かずに窓の外をうっとりと眺めている。

景色のよい早川に出るまでもずっとスマホをいじっていてほとんど口を利かなかった。

もともと葛西は大友に比べると、ずっとおとなしい性格のように思える。班のなかではいちばんマトモな男と思っている。だから、さっきの聖地の説明のスピード感にはちょっと驚いた。

それから、いままであまり気づかなかったのだが、葛西はよくおやつを食べる。いまもチョコレートをモグモグやりながら、コーラを飲んでいる。

美容と健康によくないんじゃないかと心配になるが、そんな注意を気楽にできるほどの人間関係を構築できているとは言いがたい。

すぐに右手に青く続く東海道本線の玉川橋梁が見えてきた。墓参に来た宝寿寺のある石橋集落だ。不幸なできごとが蘇って春菜のこころは痛んだ。

しばらく進むと、右手に県道７４０号線が併行して走っていることに気づいた。あのときに歩いた道である。クルマは根府川という交差点で国道から分かれて県道７４０号線に入り、根府川駅へと続く坂道を上り始めた。左手の海がどんどん下がってゆく。

東海道本線のガードを潜ってしばらくすると、石垣が続いて海は見えなくなった。

石垣が切れて視界が広がると、左手にライトブルーの羽目板に瓦屋根というかわいらしい駅舎が公衆トイレと並んで現れた。駅前広場には一台のバスが駐まっている。バスが出入りするからか、小さな駅舎の割には広場のスペースにはゆとりがある。

「おお！　根府川駅だぁ」

いきなり叫んだ葛西はウィンドウを開けると、スマホで何枚も写真を撮り始めた。

「ちょっとだけ駅前広場に停まってもらえませんかねぇ」

葛西は遠慮がちに康長に頼んだ。

「仕事が先だ」

康長はにべもない調子で言うと、駅の隣の根府川駐在所にクルマの鼻先を突っ込んだ。

駐在所に寄るつもりかなと思うと、クルマの向きを変え、反対側に鋭角に分岐している細い道に入っていった。クルマのすれ違いが困難なかなりの傾斜を持つ上り坂で、右側は立木が目立つ崖でところどころで海が見え、左側には住宅が続いている。

一〇〇メートルほど進んだあたりで崖側の視界が大きく開けた。

すぐに左手の道路から数メートルの石垣上に、ログハウス風のコテージが三棟並んでいた。

《ロッジしおかぜ》という木製看板が石垣に埋め込まれていた。

康長は迷いなく、コテージ用駐車場の右端にクルマを乗り入れた。

ほかの二台分には駐車車両はなかった。

スマホを取り出した康長はどこかへ電話を掛けてすぐに切った。

「管理人さんが来てくれる。さ、行こう」

康長の言葉に、ほかの三人は次々にクルマを降りた。

潮の香りを乗せた海風がゆるやかに吹き抜けてゆく。

右手に設けられた階段から四人はコテージへと上った。

三棟のコテージは一メートルくらいの間隔でくっつくように並んでいる。

おそらくは1Kくらいの小さな建物だ。

木製の玄関ドアが並び、それぞれ右横に茶色いアルミの縦格子の入った小さな窓が設けられていた。ドアの上の壁に左端のコテージからA、B、Cの黒い文字が記されている。

「やぁ、お待たせしてしまって」

背後の声に振り返ると、五分刈りくらいの真っ白なショートヘアの老人が立っていた。背が高くがっしりとした身体を茶色いトレーニングウェアに包んでいる。

「ああ、管理人さん、どうもご足労頂いて。捜査一課の浅野です」

康長が明るい声であいさつした。

「はじめまして、富島(とみしま)です。わたしん家(ち)はここから四〇メートルくらいなんですよ。それより現役の皆さんに会えて嬉しいですよ」

富島と名乗った管理人は背筋をしゃんと伸ばしてにこやかに答えた。

「警察OBでいらっしゃるそうですね」

康長は親しげに訊いた。

「いやぁ、捜一の皆さんみたいなエリートじゃありません。ずっと地域に密着した交番勤務です。まぁ、小田原署管内が多かったですね。湯本交番勤務を最後に定年退職して一一年になります」

富島は胸を張って答えた。とすると七〇は超えているわけだが、いくらか若く見える。四角い顔に黒々とした太い眉は、なんとなくベテランの漁師を思わせる。いずれにしても実直そうな顔立ちだ。まじめな交番員だったのだろう。

「退職されてからここの管理を引き受けたんですね」

「ええ、ちょうどその頃に、このコテージが建ったもんで、暇つぶしと小遣い稼ぎにね。管理人って言っても、予約の受付と鍵の管理、料金の受け取り、あとは掃除くらいなんで報酬はたいしたことないです。退職後に再就職の口もあったんですが、家内が足を悪くしてましてね。あんまり家から離れたくなかったもんで引き受けました」

富島はちょっと照れたように笑った。

いかつい顔に似合わず、富島にはやさしいところがあるようだ。

「警察官の経歴を買われて、この仕事の話が来たんですか」

「まぁ、それもあるでしょうけど、ご近所さんの縁ですよ。この場所に住んでたご夫婦が亡くなって、ひとり息子さんがその家を壊して建てたんですよ。大学の先生で東京に住んでるんで、ほとんどこっちへは帰ってきません」

「なるほど、さっそくコテージのなかを見せて頂けますか」

康長の言葉に富島は鍵の束を取り出した。

「はい、いま開けます」

「あ、ちょっと待ってください」

いきなり葛西が富島の動きを止めた。

「どうした葛西？」

康長がけげんな声で訊いた。

「せっかくですから、できれば遺体発見時と同じ動きを見せて頂けるとありがたいんですが」

恭敬な調子で葛西は言った。

「お安いご用ですよ。あの日、チェックアウトの九時を一五分くらい過ぎても電話がないので不審に思ってここへ来ました」

「チェックアウト時には電話するルールなんですね」

康長が質問を始めた。

「はい、お客さんが到着したときにはお電話を頂いて宿泊料金を頂戴して鍵をお渡しします。退去なさるときにもお電話をもらって鍵をお返し頂き、精算して領収証をお渡しするような流れになっています」

「薄田さんは何時頃チェックインしたんですか？」

畳み掛けるように葛西が尋ねた。

「前日の五時ちょっと過ぎですね。うちは三時から翌朝の九時までが利用時間ですが、五時から六時のチェックインがいちばん多いです。料金はそのときにきちんと頂きました」

「で、死体発見時も富島さんは、このAのコテージの扉を開けたんですね」

「あの日はドアは施錠されていました。サムターン式なので内側から鍵を掛けたのでしょう」

やはり自殺なのではないだろうか。

富島は解錠してドアを開けた。建物内が見通せて光る海が見えた。

「そしたら、遺体が見えたわけですか」

「はい、ベッドの前あたりに倒れていました」

富島はコテージ内の一点を指差した。内部はまずキッチンが右側、ユニットバスのドアらしきものが左側にあり、その奥がゲストルームになっていた。外から見ているよりは広くて六畳くらいはあった。

「すぐ近くに七輪が置いてあったんですね」

「はい、七輪と言ってもキャンプ用の金属製のものです。そうした製品は知っていましたので、これはまずいと思ってすぐにドアを閉めたんです」

「まずいというのは一酸化炭素を警戒したのですね」

「そうです。現役時代に練炭自殺の現場に出っくわしていますので、建物内に入って中毒する危険があると感じたのです」

「よかったですね。そのまま入っていたら生命を奪われるおそれもあったのですから」

「まぁ、素人ではとっさには気づかないでしょうな」

得意げに富島は肩をそびやかした。

「実際、その後の調べでは室内には高濃度の一酸化炭素が充満していたんですからね」

「どのくらいの濃度でしたっけ？」

葛西が確かめた。

「鑑識の報告によると、〇・五パーセントくらいだ」

「そりゃあ、一、二分で脈拍や呼吸の微弱化が起こって昏倒する濃度ですな。朝でその濃度だったのですから、死亡時は一パーセントくらいあったかもしれませんね。そうだとすると、ほぼ即死ですね」

「あらためて考えるとゾッとします」

富島はぶるっと身体を震わせた。

「一酸化中毒死の判定はしやすいんですよ。肌がほんのりピンク色だし、死斑が鮮紅色を示しますからね。まぁ、血中のＣＯＨｂ飽和度を計測すればはっきりしますが」

葛西はさらさらと言った。

「ＣＯＨｂ飽和度ってなんでしたっけ？」

春菜にはわからない言葉だった。

「簡単に言うと一酸化炭素の血中濃度です。これを測る血液ガス分析装置は病院の救急外来にも置かれていますよ」

さすがに理・医・薬学系の学者と医師等の担当者だけのことはあるな、と春菜は感心した。

「なるほどな……それから通報したんですね」

康長はふたたび質問を開始した。

「ええ、携帯を持ってたんで、まず一一九番と一一〇番にも電話しました。ご存じの通り、警察には消防から連絡がいきますが、早いほうがいいと思いましてね」

「こちらの記録では通信指令室には九時二八分に通報されたようです」

「意外と早かったんですな。まぁ、それで消防から救急車とレスキュー車、警察から自動車警ら隊のパトカーが来て対応してくれました。レスキュー隊の隊員が酸素マスクをつけて部屋に入ったんですが、薄田さんはすでに亡くなっていました。あとから所轄の鑑識や刑事課、本部の検視官も来ましたよ。ここらではあんな騒ぎは初めてなんで近所の野次馬もけっこう出ましたね。地域課の応援もあったんで、まぁ野次馬は邪魔にはなりませんでしたが」

迅速に規制線テープを張っただろうから、捜査には支障なかっただろう。

「では、部屋に入りたいのですが」

康長の言葉に富島はにこやかにうなずいた。

「どうぞ、ご自由に。靴は脱いでください」

春菜たちは次々にコテージ内に入っていった。

「なるほど、サムターン式ですね」

ステンレス製の錠は、丸いつまみを廻すことで施錠できるスタイルのものだった。よく見る玄関ドアの錠である。

一〇年は経っている建物のようだが、壁を構成している板壁からは檜の匂いが放たれていた。

ゲストルーム内には、頭を右の壁につけて横に二列のシングルベッドが設えられていた。その手前には二人用の小さなダイニングテーブルが置いてあった。二人が標準的な利用人数のようだ。

入口と反対側は広くとられたガラス窓になっていた。

眼下に根府川駅のホームが横に延び、その向こうには青々とした海がひろがっていた。この景観が眺められるのなら、一度は泊まってみたいと春菜も思った。

室内は掃除が行き届いていて、ベッドもきれいに整えられていた。

すでに鑑識標識板などはすべて撤去され、室内で人死にがあった痕跡は感じられなかった。

「富島さんは室内に入っているんですね」

康長の言葉に富島はうなずいた。

「室内の換気がじゅうぶんに行われた後に、刑事課員の要請で入りました。コテージのことをいろいろ訊かれました」

「遺体はこのあたりに倒れていたんですね」

康長はベッドの前まで歩みを進めて尋ねた。

「ええ、ベッドの下に隠れるようにして頭をこっちに向けて仰向けに倒れていました。かたわらには、スマホとこの建物の鍵が落ちていました」

ぐるりと遺体のあった位置を指した後で富島はヘッドボード側の右手の壁を指差した。

「七輪は遺体の足元二〇センチくらいの場所にあったんですよね？」

康長は富島の顔を見て尋ねた。

「間違いないです」

「窓は海側と入口側の二箇所ですが、鍵は掛かっていたんですよね」

「ええ、すべて内側から施錠されていました」

「とくに記録にはありませんが、富島さんから見てふだんと違ったことはほかにありませんでしたか」

「そうですね、とくにないのですが、薄田さんは調理はしなかったようですね」

「キッチンは使っていなかったのですね」

「ええ、冷蔵庫にもなにも入っていませんでした」

「飲み物も？」

「そうです、ダイニングテーブルにはコンビニで買った弁当の空き容器と、ビールの空き缶、それから飲みかけの緑茶のペットボトルが残されていましたが」

「なるほど、弁当は食べきっていたのですか」

「はい、空でした」

「薄田さんはクルマでこのコテージに来たのですよね」

「ええ、クルマです」

「すると、七輪を運ぶのにも苦労はなかったわけだ。その晩は、宿泊客はほかにいたのですか？」

「連休最終日なんで、ほかにカップルがひと組でした。ふた組だけだったので間をあけてC棟にご案内しました」

「そのお客さんたちは異変には気づかなかったのですね」

「ええ、とくに変わったようすはなく、朝の八時半頃にお帰りになりました」

大きな音が出たわけでもないだろうし、間にひと部屋あるのだから気づかなくて当然だろう。

「なるほどよくわかりました」

康長はかるく頭を下げた。

「あの……僕からも訊いていいですかねぇ」

それまで黙って聞いていた葛西が遠慮がちに口を開いた。

「はい、どうぞ」

富島は快活に答えた。

「薄田さんはいつ頃、予約を入れたんですかね？」

葛西はのんびりとした口調で尋ねた。

「一ヶ月くらい前です。家に戻って予約帳を見ればはっきりしますが」

「いいえ、正確な日付はけっこうなんです。では、チェックインのときに薄田さんに変わったようすはありませんでしたかね」

「そうですね……ちょっと硬い表情だったようにも思いますが、それほど不自然というわけではありませんでした。だから、まさかあんなことになるとは思いもしませんでした」

「こちらを利用する目的とかですね、なんかそんなことは話していませんでしたか？」

葛西は畳み掛けるように訊いた。

「たしか、根府川駅の夕焼けを見たいと言ってましたね」

「もしかすると、アニメの話をしていませんでしたか」

葛西は身を乗り出すようにして訊いた。

「さぁ、そんな話はしていませんでしたね」

富島ははっきりしない顔で言った。

「アニメ『ラブライブ！』の聖地を見に来たなんて言ってませんでしたかねぇ」

「わたしは年寄りだし、興味ないからよくわからないんですよ。だけど、根府川駅はそのなんだかってアニメの舞台として有名だそうですよね。この近所でもよく話に出てきますよ。ホームに若い人があふれてるとか、むかしから無人駅で淋しかったのに、まるっきり変わってしまったとか言ってってね。乗降客がやたら増えたんですよ。もっとも電車の写真撮りに来る人もいるんですけどね」

「いつ頃からですか」

「五、六年前ですかねぇ」

「根府川では『ラブライブ！』は盛り上がってるんじゃないんですか」

「盛り上がってるっていうこともないでしょう。駅の近くに飲食店なんかもないしね。よその人が来たって、お金が落ちるわけじゃない。むしろ、休日などは混雑して駅が利用しにくいって声も聞きますよ。とにかく、大勢の人が押しかける日があるのはたしかです」

富島の声音は好意的とは言いがたかった。

「そういう人……つまり『ラブライブ！』のファンみたいな人はこのコテージのお客さんに多いのでしょうか」

「お客さんが利用する目的はいちいち訊いていませんから。でも、なかにはアニメのファンの人もいると思いますよ」

「薄田さんもそうだったのでしょうかね」

葛西はのんびりと訊いた。

「まぁ、男性ひとりのお客さんですから……」

覚束（おぼつか）なげに富島は答えた。

男性のソロ客となると、『ラブライブ！』のファンと考えるのが自然かもしれない。この近くには温泉などもないようだ。

「なるほど。その日の天気はどうでしたか？」

「いいお天気でしたよ。朝から一日晴れて夜に入っても月がきれいでした。連休中は晴れたり曇ったりでしたが、最終日のこどもの日の天気はよかったですね。六時半頃にたまたまもうひと組のカップルさんが到着したんでこっちへ来たんですよ。わたしが駐車場に行ったら、薄田さんも窓から顔を出して夕焼けを眺めていましたからね」

富島の言葉に葛西はぴくりと眉を動かした。

「誰かが訪ねてきたようなようすはありませんでしたか」

「さぁ、わたしは原則としてお客さんのチェックイン時とチェックアウト時しかここへは来ませんので」

「わかりました。もう少しここを調べさせて頂いてよろしいでしょうか」

「かまいませんが」

「葛西、なにか気づいたのか」

康長が不思議そうに訊いた。

「ええ、まぁ……」

葛西は口ごもった。

「じゃあ、調べが終わったら、またお電話ください。鍵を掛けに来ますので」

場の空気を察して富島は一礼して去った。もとは警察官だけに、そうした感覚は鋭そうだ。

四人だけになると、葛西はのんびりした口調で言った。

「断定的なことは言えませんけどね。これ殺人（コロシ）かもしれませんねぇ」

「どうしてそう思うんだ？」

康長は気負い込むように訊いた。

「夕焼けですよ」

葛西はぽつりと言った。

「なんだって？」

「事件当日はお天気がよかったんです。だったら、薄田さんがラブライバーなら根府川駅のホームにいるはずですよぉ。入場券で入って夕映えのホームの写真を撮っているのがふつうじゃないかと、僕は思うんですよ。なんで、薄田さんはコテージにいたんでしょうかね」

「コテージから眺めたかったからなんじゃないのか」

「まぁ、そうかもしれませんよ。否定はしません。でも、わざわざ駅からこんな近いコテージに泊まりに来たのなら、部屋で夕焼けを見てからでも飛び出して行けたんじゃないんですかね。僕なら、夕焼けの時間だけはなにがあっても駅に行きますけどねぇ」

「ファン心理か」

「ま、そんなもんですね。だから、薄田さんはなにか別の目的もあってここへ来たのではないでしょうか。あるいは途中から目的が変わったとか……誰かが訪ねてくるのを待っていたのかもしれません。いずれにしても駅に行かないのは不自然な気がしますね」

「なるほどな」

「ほかにも疑えば疑わしいところは多々あります。薄田さんが遺書をデジタルで残しているのは不自然だって、浅野さんはおっしゃっていましたよね」

「ああ、俺ならスマホに遺書なんて残さないよ。感情を吐露できない」

康長は大きくうなずいた。

このあたりは世代的なものなのだろうか。春菜ならデジタルだからと言って感情を吐き出せないということはない。

「僕も不自然だと思いますねぇ。それより重要な点は簡単に遺書が読めたということは、画面ロックが設定されていなかったことです。高齢者ならともかく、いまどきロックしていない人なんてちょっと珍しいでしょう」

葛西は打てば響くように言った。

「そうなんだ。俺もそこに引っかかったんだ。遺書を他人に見せたいのでわざわざロックを外したという解釈は成り立つが」

　こちらは春菜にも不自然に感じられた。そんな面倒なことをするなら、メモ用紙にでも殴り書きすればいいいような気がする。

「それに、自殺する前の人が、弁当をすっかり平らげてるっていうのもちょっと不自然な気がしませんか」

「食べるヤツだっているだろう。腹が減ってりゃ」

「ま、そうですが……コテージの鍵が遺体のそばにあったのも引っかかりますよ」

「建物は施錠されていて、鍵は遺体のそばにあった。どこが引っかかるんだ」

「内側から鍵は掛けてあるわけですよ。僕ならいざ死のうってときに鍵に意識なんて向かないなぁ。そりゃあそばに鍵を置いて死ぬ人もいるでしょうけどね」

「だが、要は密室だったんだぞ」

　康長は葛西を試すような口調で言った。

「ドアは外開き式で、サムターンキーです。おまけにピッキングを防止するためのガードプレートもありません。ピッキングの反対のやり方で外から施錠できますよ」

　易々(やすやす)と葛西は反論した。

「そうだな、葛西の言う通りだ。ドアの隙間から曲げた金属棒などを入れれば、ロックするつまみを廻せないことはない」

康長は納得したような声を出した。

春菜は少なからず驚いた。あの錠は外から開け閉めできるものなのか。

「そんなわけで密室とも言えませんしね、僕はですね、殺人事件として考えたほうがいいようにも思いますけどねぇ」

「じゃあ、葛西が考えた殺害方法を教えてくれ」

「あくまでも仮説ですがねぇ」

「いいさ、仮説を立てて検証するのが捜査の常道だ」

葛西はちょっと息を吸い込んだ。

「まず、犯人はこの部屋で薄田さんと待ち合わせていました。なんの目的かはわかりませんが、薄田さんは犯人に会う必要があったんですね。もしかすると、薄田さんが最初にこのコテージを予約したときには、ただ単に根府川駅の夕景などを楽しもうという目的だったかもしれません。犯人が後から会いたいと申し出た可能性も高いです。いずれにせよ、薄田さんは弁当を食べてこの部屋で犯人を待っていたんです。犯人が現れて、暴力を用いて薄田さんを抵抗できない状態にしたと考えられます。傷などが残っていないので、犯人は格闘術などに秀でている人間だと思います。たとえば柔道の『絞め落とし』などの技を使ったのかもしれません」

絞め落としは、首の頸動脈を圧迫し脳への血流を阻害して相手を失神させる技だ。うまくは使えないが、春菜も理論的には知っている。

「そのあと身体を拘束したというのか」

康長が続きを促した。

「そうです。犯人は介護用の手足抑制帯などを使って薄田さんの身体を拘束したのだと思いますよ。そういった器具を使えば傷が残るようなこともありませんからね。薄田さんに騒がれると困るでしょう。なので、猿ぐつわも嚙ませたと思います。それで七輪に練炭を入れて火を熾すわけです。その後、犯人は薄田さんが持っていた鍵を奪ってドアを施錠し、いったんどこかへ避難するんです。数時間後に薄田さんが一酸化炭素中毒によって死亡したら、拘束具などを撤去してドアのサムターンを外から廻し施錠して逃亡して、はい、おしまい。これならば状況の説明はつくんじゃないんですかねぇ」

気負うことなく淡々と葛西は言った。

葛西の説明は筋道が通っているように思えたが、康長は首を横に振った。

「残念ながらその説明は成り立たない。この部屋のなかは、遺体発見時には高濃度の一酸化炭素が充満していたんだ。戻ってきた犯人は中毒死するに決まっている」

だが、葛西は少しも動ぜず余裕綽々の表情を浮かべている。

「いやいや、その点は解決できますよぉ」

スマホを取り出して、葛西は楽しそうに何やらタップした。

「こんなの使えばクリアできますでしょ」

葛西は画面をみんなに向けて見せた。

「うーん、そうか」

康長がうなった。

「なるほどぉ」

春菜も納得した。

「まさか、そんな……」

隣で尚美も目を大きく見開いている。

そこには小型のスキューバボンベが写っていた。

「これはですね、浅瀬の作業などに使う小型ボンベなんですよ。〇・五リットルの酸素容量で約八分は使用できます。重量も一キロに過ぎず、価格も三万円未満で簡単に入手できます。背中に背負うナイロンのハーネスも付属しているんですね、便利なことにね」

嬉しそうに葛西は説明した。

「こいつを使えば、高濃度の一酸化炭素などは問題にならないな。いまの葛西の説明はじゅうぶんに実現可能だ」

身を乗り出すと、康長は弾んだ声で言った。

「ですが、ただの仮説に過ぎませんからね。証拠は何ひとつないのです」

淡々と葛西は答えた。

「だが、それだけ説得力のある仮説を放ってはおけない。捜査本部を立ち上げるように上に言うよ」

「まぁ、僕の頭のなかで考えたことですからね。刑事部がまともに取り合うかは心もとないですけどね」

「捜査ってのはな、可能性をつぶしてゆく仕事なんだよ」

康長は言葉に力を込めた。春菜も過去に聞いたことのある言葉だった。

「ま、無駄にはならないと思いますよ」

葛西はにやっと笑った。

「帰ってすぐに上と交渉する。さ、もういいだろう」

康長の言葉にほかの三人は次々にコテージを出た。

富島に鍵を返して、春菜たちは根府川を後にした。葛西は根府川駅に立ち寄ることを願ったが、駅前広場にバスが二台も駐まっていてクルマを入れる場所がなかった。

クルマが海岸沿いの国道135号線に出た。

春菜にはコテージで聞いた葛西の説が真実であるように思えてならなかった。

「葛西さんのお説通りにコテージの件が殺人だとすると、国府津海岸の犯人と関わりがありますよね。と言うか……」

春菜の言葉をペットボトルから口を離して葛西が引き継いだ。

「そう、同一犯の可能性は低くないでしょうな。国府津海岸の殺人を、根府川で薄田さんになすりつけたと考えれば自然ですから……」

「小田原署に寄って専従捜査に就いている人間に国府津海岸の一件についての話を聞こうか」

康長は誰に言うともなく提案した。

「もうちょっと根府川の件が進んでからでもいいのではないですか」

珍しく尚美が口を開いた。

「ああ、そうだ。喜多は小田原署のときに国府津海岸の事件の捜査本部にいたんだったな」

康長が背中で尚美に訊いた。

「はい、事件発生から捜査本部で働きました。でも、二期が終わって、わたしは外れています」

初動捜査も含め三週間から一ヶ月が一期で、一期を過ぎると捜査本部の捜査員は四分の三くらいに減らされ、徐々に減っていく。本部は一年で解散し、その後は所轄に設けられた専従班に引き継がれる。

「喜多は詳しいことを知らないのか」

「正直言って役に立つことはあまり知りません。そもそも捜査本部では有効なデータがぜんぜん収集できていません。地取りも鑑取りも芳しくありません。動機も少しも見えてこないのです。今回の根府川の薄田さんが犯人と決まれば、国府津の事件も解決なんで、小田原署の専従班ではホッとしているんじゃないかと思います」

尚美は静かに答えた。

たしかに薄田が犯人であれば、専従班も直ちに解散することとなる。

「とは言え、このまま帰るのももったいないな。専従班の担当者は誰か知ってるか？」

康長はやんわりと訊いた。

「はい、いままでの担当者が異動になったので、今月から専従班の実質上の責任者になられたのは刑事課強行犯係の内田貴久さんと聞いています」

尚美はわずかにほほえみを浮かべた。

「あ、内田さん」

春菜は丸顔の人のよさそうな内田の顔を思い出した。

「ご存じなんですか？」

尚美は目を見開いた。

「そうなんです。四月に二回もお世話になったんです。いい方ですよね」

「はい、わたし小田原署にいたときに、いちばんお世話になったのは内田さんなんです」

にこっと尚美は笑った。

「細川、ちょうどいいや。内田さんにアポとってくれ。これから会えると都合がいい」

康長の指示に従って、春菜はスマホを手に取った。

「了解です」

代表番号に電話して自分の所属と氏名を告げて内田につないでほしいと頼むと、すぐに顔立ちににつかわしいやわらかい声が耳もとで聞こえた。

「細川さんですか？　驚いたな」

嬉しそうな声で内田は言葉を継いだ。

「また、事件ですか」

「ええ、根府川の事案を調べてまして」

「先週のコテージの事案ですね。あれは自殺でカタがつきそうじゃないんですか」

内田はちょっと不思議そうに訊いた。それはそうだ。

仮に自殺でないにしても、ヲタク担当の春菜が携わっているのだから。

「いま捜一の浅野さんと一緒なんですけど、現場を調べたら殺人事件の可能性が否定できなくなってきてしまったんです」

「本当ですか！　そうだとすると、国府津の事件も風向きが変わってくる」

ちょっと興奮した声で内田は言った。

「そうなんです。同一犯の可能性も出てきますよね」

「たしかに、あの遺書がニセモノだとすると、ふたつの事案はどう考えても同じ人間が背後にいることになりますね」

「大変お忙しいとは思うんですが、お話を伺いたいと思いまして」

「大丈夫ですよ。今日は書類と取り組む予定だったんで、署内におります」

明るい声で内田は答えた。

「よかった。いま石橋集落あたりにいます」

「それなら一五分くらいですね。お待ちしてますね」

「それではこれから浅野さんと伺います。意外な人をお連れしますよ」

春菜は尚美と目顔で笑い合った。

「誰ですか」

「秘密です」

「いやだなぁ、気になるじゃないですか」

「あとでのお楽しみに」

「刑事課に直接お越しください。今日は係長も含めて出払っちゃってるんで、わたしが電話番してるんです」

「了解しました」

春菜は元気よく電話を切った。

クルマは小田原署を目指して一路東へと向かった。

窓の外の海はきれいに凪いで、沖合には漁船の影がちらほらと見えた。

4

内田巡査部長はがらんとした強行犯係の島で椅子に腰掛けて分厚いファイルの書類に目を

い。

通していた。最初に会ったときと同じように、いが栗頭が黒いスーツにあまり似合っていな

春菜たちが近づいてゆくと、内田はゆっくりと書類から顔を上げた。

「おやおや、喜多くんじゃないか」

驚きの声で内田は尚美を迎えた。

「お目に掛かれて嬉しいです。今日は浅野さんについて研修なんです」

尚美は華やかな笑顔を浮かべた。

「わたしも嬉しいよ。細川さんの言ってた秘密って君のことか」

「そうでーす。彼女のことです。内田さん、こんにちは」

春菜があいさつすると、内田は笑顔で答えた。

「あはは、細川さん、箱根の事件ではお世話になりました」

「こちらこそです」

前の事件では春菜のほうこそ内田には世話になった。

「内田さん。お忙しいのにすみません」

「こんにちは、浅野さん、いやいや、今日は電話番ですから」

「あ、こちらは細川と一緒のセクションにいる葛西巡査部長です」

康長は背後にぼんやりと立っていた葛西を紹介した。

「はじめまして。捜査指揮・支援センター専門捜査支援班の葛西と申します」

もっそりした声で葛西はあいさつした。

「小田原署強行犯の内田です。どうぞよろしく」

内田はにこやかに言って四人に向かって声を掛けた。

「さ、皆さん、空いている席に座ってください」

春菜たちは強行犯係の島の椅子にそれぞれ座った。

「さっそくですが、内田さん。去年の、国府津海岸で起きた殺人事件について詳しいお話を聞きたいのです」

康長は手帳を取り出して開いた。

釣られるように内田もファイルを開き直した。

「はい、捜査本部が解散になったくらいですから、はかばかしい進展はありません。事件の発覚は昨年、五月六日月曜の早朝です。現場の砂浜に犬の散歩に来た近所の住人が堀内久司さんの遺体を発見しました。一一〇番通報は午前六時一分です。近くを巡回していた機捜が駆けつけて初動捜査開始。本署からは強行犯係と鑑識が出張りました。午前九時過ぎに捜一から検視官が臨場。何者かに後頭部を強打されたことによる殺人と断定。同日、午後に捜査本部が本署に開設されました。わたしも加わり、おもに地取り班の一員として捜査に携わりました。後に司法解剖の結果が出て、解剖所見による死亡推定時刻は五日の午後七時半頃から午後九時半頃とされています。死因は打撲が原因の外傷性急性硬膜下血腫だそうです。また、遺体からはアルコールをはじめとする薬物等は検出されておりません」

「襲撃されたときに意識はしっかりしてたんでしょうね。抵抗痕はどうですか」

「明確なものは見つかっていません」

「とすると、いきなり背後から殴られたんですね。でも、被害者の見知った者の犯行かははっきりしないな」

「そうですね、現場の状況からすると犯人は暗がりに隠れていて殴りつけたのかもしれません」

「付近に防犯カメラは設置されていないのですか」

康長は身を乗り出したが、内田は首を横に振った。

「残念ながら、この海沿いの道には防犯カメラは設置されていません。実は昨年の四月頃の夜間、現場近くを通る道路で帰宅途中のＯＬがひったくりに遭ってケガをしているんです。そのときも防犯カメラがなくて手間取りました。ま、自分が担当したこの事件は無事に送検できたんですか……」

「なるほど、現場付近は犯罪多発地帯というわけですか」

「はい、アニメの聖地とやらで、昼間は大勢の人が来る日もあります。ですが、夜間は街灯もないため、民家の灯りがわずかにあるだけです。人気も少なく、犯罪が起きやすい地域です。小田原署としては午後八時頃までは地域課のパトカーを巡回させて防犯に努めています。しかし、午後八時過ぎとなると、ふだんは誰もいない地域なので巡回していません」

内田は言い訳するように言った。

「たしかに地域課の警ら用無線自動車にも限りがありますからね。小田原署の管轄全域となるとカバーするのが大変ですね」

「ええ、小田原市、真鶴町、湯河原町、箱根町とかなり広域なので……」

パトカーの巡回は犯罪抑止効果が大きい。

だが、すべてを網羅できないことは当然である。

「ところで、凶器はなんですか」

「頭蓋骨折の形状からするとある程度ボリュームのある鈍器ですね」

内田は被害者の頭蓋骨の写真を見せた。

春菜はこうした写真はあまり見慣れていないが、頭蓋骨の頭頂部付近にひび割れのような骨折痕が見られることに気づいた。

「ああ、頭蓋穹窿部に亀裂骨折が見られますねぇ。細かい派生線も見られる。頭蓋穹窿部の骨が圧迫されて歪み、歪みに耐えられなくなった部位に骨折が生じているんですよ。これは四角いものや平たいもので殴られた場合に顕著に見られる骨折形状ですね。成傷器は少なくともゴルフクラブや金づち等ではなく、もっとボリュームのある四角いものか、あるいは床板等ですね」

写真に見入っていた葛西がさらさらと説明した。

春菜は少なからず驚いた。まさか葛西がこんな知識を持っているとは思いもしなかった。

尚美も内田も目をぱちくりさせている。

「葛西、おまえ法医学、勉強してるのか」

康長が葛西の顔を穴の開くほど見つめて訊いた。

「はぁ、本来は警部以上が警察大学校で受ける検視官養成の研修は特別に受けています。専門捜査支援班に異動になる前です。法医学者の先生とお話しする上で専門知識がないと困りますからねぇ」

気負わずに葛西は答えた。

「葛西は検視官を目指してるのか？」

捜査一課に置かれている検視官は遺体の外傷等を確認することによって事件性の有無を判

断する専門官である。ベテランの刑事が法医学の専門教育を受けて就任する役職で、原則として警視だが、実際には警部も多い。全国でも四〇〇人に満たず、神奈川県警では十数名程度しかいない。

「冗談はよしてくださいよぉ。僕は死体が転がってるような現場に行ったら、気絶しちゃいますから。血を見るだけで気分が悪くなるんですよ。こうして二次元で見てるのとは違いますからね」

葛西はぶるっと身体を震わせた。

「凶器は砂浜に落ちていた石かなにかと推察されていますが、発見されていません」

「石というよりブロックかなにかじゃないですか。そう都合よく四角い石が落ちているとも思えませんし」

葛西がかるく反論すると、康長もうなずいた。

「現場の遺留品はどうですか？」

康長が問いを重ねた。

「遺体は運転免許証やクレジットカードと三万五千円ほどの現金の入った財布、アパートの鍵を所持していました」

「すると物盗りの仕業ではありませんね」

「はい、ただ、スマホが盗まれていると思われます」

内田の言葉に康長はうなった。

「となると、鑑のある人間ですね」

「はい、スマホ内に犯人に関するデータがあったと考えられます。犯人は自分に関する情報を持ち去りたかった可能性が高いです」

「そのあたり、鑑取りはどうなのですか？」

「堀内さんは死亡当時は二七歳で二宮町の出身です。都内の私大を卒業してから港区に本社を置く大手家具メーカーの《サワシタ》に採用され、ここ二年は中井町にある工場で人事総務系の仕事に就いていました」

「中井町は二宮町の北側に隣接する町ですね」

「ええ、農業中心の静かな街ですが、東名の秦野(はだの)中井インターが開設されてからは工業団地が形成されています。堀内さんは勤務先ではまじめでおとなしいという評価で同僚とのトラブルも見つかっていません。二宮町の小中学校を卒業、平塚市内の県立高校を卒業しています。友人は少なく、その周辺にもトラブルはないですね。交際相手もいないようです。両親は離婚していて神奈川県の職員をしていた母親に育てられたそうですが、父母ともすでに病死しています。アパートの部屋は施錠されていましたし、とくに荒らされたような痕跡はありませんでした。残念ながら、犯人につながるようなものはなにひとつ見つかっていません」

内田はほっと息をついた。

「鑑取りは進んでいないんですね」

「ええ、残念ながら、一年以上掛けても犯人像すら浮かんできません。それから、現場近くの道路に堀内さんのクルマが停められていました。車内からはカメラや手帳の入ったデイパックが見つかっています。が、こちらからも犯人にまつわる有力情報は見つかっていません」

「あの……ひとつ訊いていいですかねぇ？」

それまで黙って聞いていた葛西がのんびりと尋ねた。

「はい、なんなりと」

「堀内さんの部屋にはＰＣはなかったんですか？」

「はい、見つかっていません。その部屋では光通信などのネット契約なども結んでいなかったので、あるいはスマホしか持っていなかったのかもしれません」

内田の答えに葛西は首を傾げた。

「そうですか、部屋にはＰＣは置いてなかったのですか。ところで、カメラや手帳にはなにか情報が残っていたのでしょうか？」

葛西は眉間にしわを寄せて尋ねた。

「はい、カメラはふつうのコンパクトで、風景を写した写真が残っていただけです。三〇〇枚以上ありましたが」

「どんな景色ですか？」

畳み掛けるように葛西が訊いた。

「その日に撮られたものではありませんし、同行者などは写っていません。これは一部ですが」

内田はファイルから、プリントアウトされた写真のページを開いて見せた。

「堀内さんはやっぱりラブライバーだ……」

葛西はつぶやくように言った。

「そうなのか」

康長は葛西の顔を見て尋ねた。

「ええ、この神社は神田明神です。一月五日の撮影ですから、初詣ででしょうかね。秋葉原にも寄ったんですな。ここも『ラブライブ！』の聖地です。三月に撮っている晴海（はるみ）もまた聖地なのです。被害者の堀内さんは間違いなくファンですね」

「その点でも根府川の被害者、薄田さんとのつながりがあるわけだな」

あごに手をやって康長は言った。

「いや、その点には気づきませんでした。堀内さんがアニメファンであったことは友人たちからの聞き込みでわかっていたのですが、事件との関わりはつかめていませんでした」

内田は頭を掻いた。

「断言はできませんがね、堀内さんと薄田さんは『ラブライブ！』を通して交友関係にあったのではないでしょうかね。僕にはそう思えるんですがねぇ」

葛西は腕を組んで言った。

「その事実を解明するのには、ふたりのメッセージのやりとりなどを確認できれば手っ取り早いわけだ。だけど、スマホにはそんな記録は残っていなかったしなぁ」

康長は鼻から息を吐いた。

「やはり、メッセージや通話などのプライベートな記録は犯人が消去したのでしょうか」

最初に薄田のスマホの話を訊いたときの違和感を春菜は思い出した。

「その可能性が出てきたな。用件名などから選び出してプライベートなメッセージのみを消すのはそれほど難しいことじゃないだろう。また、薄田さんがプライベートの連絡先をフォルダなどにまとめていたとしたら、一瞬で消せる」

顔をしかめて康長は言った。

「僕は間違いなく犯人が消去したのだと思いますよ。スマホを使い慣れている人間ならたいした手間じゃないですからね……。ところで、手帳にはどんなことが記されていたのですか」

「手帳はポケットダイアリで仕事の予定が書いてありました。プライベート関連の記述は見つかりませんでした。けれど、ひとつだけ、意味不明の言葉が残っていたのです」

葛西の眉がぴくりと動いた。

「意味不明の言葉ですか」

「ええ、おもに週末に『愛矢』と記されていたのです。事件前日のページにも書いてあります」

内田はファイルから手帳の写真のページを開いた。

見開き一週間のダイアリで、毎日のようになんらかの予定が書き込んである。

仕事で会う人物や会議の予定、役所や取引先に提出する書類のしめ切りなどが几帳面そうな細かな字で書いてある。

「ほんとだ。『愛矢』って土曜日のとこに書いてある」

手帳の写真を覗き込んで春菜は小さく叫んだ。

あやと読むのだろうか。女性の名前だろう。

ほかの事務的な書き込みとは違う、くだけた雰囲気だ。

「女の名前か」

康長が不思議そうな声を出した。

「捜査本部でも時間を掛けて調べたのですが……堀内さんの周辺に愛矢という名前の人物はおりませんでした」

内田は残念そうな顔つきで言った。

「事件の概要はわかりました。その日の堀内さんの足どりはわかっていないのですか？」

康長は質問を変えた。

「それが……足どりはまったくつかめていません。現場前の道路を含め国府津海岸周辺は防犯カメラの非常に少ない地域なのです。また、二宮町の自宅付近にも防犯カメラがないため、何時頃に家を出たのかもわかっていないのです」

「なるほど……まぁ、夜になってから自宅を出たのでしょうね。目撃者もいなかったんですよね」

康長の問いに内田は冴えない顔で答えた。

「現場前の道路沿いには民家しかなく、道路を出たところは国道1号線なので、夜間でもある程度の通行量はあります。堀内さんのクルマは目立たない濃紺の小型車ですし、人目を引くはずもありません。わたしもさんざん調べまわりましたが、目撃者はひとりとして見つかりませんでした」

「よくわかりました。しかし、堀内さんはなんのために、夜間に、そんな現場に行ったのですかね」

「いま現在、何もわかっていないというのが正直なところです。考えられるのは、なんらかの目的で犯人と待ち合わせていたのではないかということですね」

「それが自然な線でしょうね」

康長はあごに手をやった。

「目的がわかれば、捜査も進むと思うのですが……」

内田は悄然と言った。

「いろいろと参考になりました。ありがとうございました」

康長は丁重に頭を下げた。

「いやいや、何もわかっていないの連続で恐縮です」

小さく首を横に振って内田は照れ笑いを浮かべた。捜査が進展していないのは捜査本部全体の責任なのだから、内田が謝る必要はない。

「時間に余裕があるんで、本部に戻る前に現場に立ち寄っていきたいと思います」

康長はやはり国府津海岸の現場を見てみたいようだ。

「わたしがご一緒できればいいんですが、あいにく電話番なんで……ああ、喜多くん、君は初動捜査のときから一緒に現場に行ってたよね」

尚美は後ろの書類棚をぼんやり見ている。

「喜多くん」

ふたたび内田は尚美に声を掛けた。

「あ、すみません」

尚美ははっと気づいて小さな声で詫びた。

なにかほかのことに意識が向いていたらしい。春菜には珍しいことではない。なにごとにつけて有能そうに見える尚美にもこんなところがあるのかと春菜は親近感を持った。

「国府津海岸の現場に浅野さんたちをお連れしてくれるね」

「はい、ご案内します」

尚美は明るい顔に戻って答えた。

「頼んだよ」

四人は口々に内田に礼を言って刑事課を離れた。

5

住宅街を抜け、葉桜が美しい山王川さくら通りで海沿いに出たところが西湘バイパスの小田原インターだった。空いている西湘バイパスを走って国府津インターで下りたのは、小田原署を出てから二〇分後くらいだった。

インターから国道1号で森戸川を渡ると、クルマはすぐに川沿いの細い道に入っていった。右手にRC構造二階建ての国土交通省の横浜国道事務所小田原出張所が現れた。古びた建造物である。

右手は西湘バイパスの高架道路とコンクリート擁壁が続き、左手は住宅が建ち並んでいる。内田が言っていたように夜間ならほとんど人気のない場所だろう。

「喜多、正確な場所わかるか？」

「はい、もうすぐです」

尚美は歯切れよく答えた。

しばらく進むと左手は古い立派な石垣の上に住宅が続く景色へと変わった。新しい家が多いが、庭に松の木や石灯籠が目立つ古びた家もある。かつての別荘地の名残なのだろうか。

「このあたりです」

尚美の言葉に応じて、康長は石垣にピタリとクルマを付けて停めた。

「駐車違反でキップ切られないといいな……」

真顔で言って康長はエンジンを切った。

春菜たちは次々にクルマを降りた。

「被害者のクルマもだいたい同じ場所に停められていました」

尚美の言葉に康長はうなずいた。

「たしかにあまり停める場所ないからなぁ。で、現場は？」

「すぐ先に護岸の擁壁が切れている場所があります。そこから降りた砂浜です」

尚美は道の先を指差した。

春菜たち四人は、尚美の指示した場所を目指して歩き始めた。

擁壁は一メートルくらいの幅で切れていて階段で砂浜に降りられるようになっていた。駐輪の禁止を呼びかける表示板があった。

「ここから砂浜に出られます」

尚美が立ち止まって言った。

春菜たちは階段を砂浜へと降りた。

西湘バイパスの高架道路をくぐると、視界が開けて目の前に海がひろがった。

「きれい！」

春菜は思わず叫んだ。

西陽が傾き始め、波頭がシャンパンゴールドに輝いている。

右手の真鶴半島は濃い藍色の影をくっきりと描いている。

ゆるいカーブで真鶴へ続く西湘バイパスの高架道路もなぜだか美しく見える。

まだ階段の上にいる尚美は、鋭い目つきで海岸を見据えている。

まるで獲物を見つめる鷹のようだ。

彼女は射撃も得意そうだ。ちなみに春菜はそれほど得意ではない。

階段を降りてきてすぐのところで尚美は立ち止まった。

「ここです」

「え？　ここ？」

葛西が驚いたような声を出した。

「どうかしたか？」

康長が不思議そうに訊いた。

「いやぁ、ちょっと違うなと……」

「第二シーズン第一一話の後半で、μ'sの九人が並んで夕陽を眺めるのはたしかにこのあたりなんですよ。感動的なシーンです。海の感じも、西湘バイパスも、右手の真鶴半島の出っ張りもアニメ通りです」

「なにが違うんだ」

葛西はうっとりとした声で言った。

「でもね、背後に延びているはずの横に長いコンクリート階段がないんですよぉ」

不服そうに葛西は口を尖らせた。

「その話はいいから、しっかり現場を見よう」

康長は苦笑いした。

一年前の事件なので、捜査の痕跡などは残っていない。

ただの砂浜以外のなにものでもない。

「喜多、発見当時の状況を教えてくれ」

康長は尚美に向かって尋ねた。

「被害者はこの階段の下あたりの砂浜で頭を海側にしてうつ伏せに倒れていたのです」

「こんな感じですかねぇ」

葛西がいきなり砂浜にうつ伏せになった。

「もうほんの少し海側でしょうか」

とまどいながら、尚美が言った。

「あ、なるほど」

スーツに砂が付くことも気にせずに、葛西は海方向に這って進んだ。

「そのくらいの位置ですね」

葛西はちょっと顔を上げてにっと笑い、右手の指でOKを作った。

康長はあきれ顔になって尚美に訊いた。

「で、どんな感じだったんだ？」

「わたしが現着したときには、遺体は両手で何かをつかむように開いていました」

「こんな感じですか」

尚美の言葉通りに葛西は両手を開いた。

「そうですね。両手は死後硬直のためにこわばった感じでした」

「受傷部位はどうだった」

「頭部はたいした出血はなく、頭髪などの血は肉眼では確認できませんでした」

「ほかには傷はなかったのか」

「はい、解剖所見にも頭部以外にはひっかいたような傷しかなかったと聞いています」

刑事らしく、尚美の表情に少しも動きはなかった。

江の島署の防犯少年係員だった春菜は、浅野が担当する事件を手伝うようになってから殺人事件に関わるようになった。しかし、いまだに人死にに慣れているとは言いがたい。いままでいた所轄署では幸いにも少年がからむ殺人事件に出会ったことはなかった。

「ひっかいたような傷だって？　どこで生じたんだ？」

康長が驚いたように聞いた。

春菜も初耳だった。内田は言い忘れたのだろう。

「階段を転げ落ちたときにできたんだろうと捜査本部では判断しました」

「その傷に生活反応はあったのか」

生きているときにひっかいた傷は出血する。この場合が生活反応だ。だが死後なら出血はない。

「はっきりしないほどのかすかな傷だったようです。いちおう、捜査本部では階段の上から突き落とされて転げ落ち、その後に殴られたと推察したようです」

尚美は淡々と告げた。

「うーん、やはり実地に見ていないとわかりにくいな。いずれにせよ、背後から殴られたことは間違いなさそうだな。葛西、もういいぞ。せっかくのスーツが台なしだろ」

康長の声に立ち上がると、葛西は全身の砂を両手で払った。

「大丈夫です。吊しの安物ですからね」

葛西はとぼけたような声で答えた。

「しかし、どうして夜間に被害者や加害者はこんなところにいたんだろう」

小田原署で言っていたのと同じような言葉を康長は繰り返した。

「どう考えても聖地だからでしょう」

葛西がゆっくりと言った。

「だけどさ、それなら夕陽の時間に来るだろう。なんで夜に来たんだよ。景色だってロクに見えないぞ」

「たしかに、ここへ来た目的はわかりませんね」

春菜にも皆目見当がつかなかった。

「人なんて気まぐれに行動することもあるんじゃないんですか。いきなりここへ来たくなったとか」

尚美がぼそっと言った。

「まぁ、そういうことも考えられるな。とにかく堀内さんと薄田さんの事案の関わりが濃厚と考えられるからには、ここへ来て第一事件の現場を見た意味はあったと思う。帰ることにしよう」

康長が宣言するように言って、四人はクルマへ戻った。

幸いにも道路に停めたクルマには駐禁の張り紙などは見当たらなかった。

クルマはすぐに国府津インターに入った。

帰路は西湘バイパスで大磯、平塚とたどってゆくことになった。茅ケ崎からは新湘南バイパスと藤沢バイパスを使って横浜新道に乗る予定だった。

黄金色に輝く海を車窓に見るドライブは快適だった。

「アメ食べますか？」

葛西が個包装されたイチゴのキャンディを掌に載せて振り返った。

「ありがとうございます」

「すみません」

春菜も尚美も受け取りはしたが、そのままバッグに入れた。葛西は気にするようすもなく、ニカッと笑って自分は一個を口に放り込んで前に向き直った。

「薄田さんと堀内さんのふたりがアニメヲタクである可能性が高くなったからには、細川の出番だな」

ステアリングを握りながら、康長は背中で言った。

「わたしの出番ですか」

「ああ、聖地ヲタクの捜査協力員に会って話を訊きたい。『愛矢』という謎の言葉の意味もわかるかもしれない」

「『愛矢』がアニメの登場人物と考えているのですね。でも、聖地なんてジャンルはなかったと思いますが……」

　分厚いファイルのインデックスを春菜は思い浮かべた。

《アイドル》《アニメ・マンガ》《海の動物》《温泉》《カメラ・写真》《ゲーム》《建築物》《昆虫》《コンピュータ》《自動車》《植物》《鳥類》《鉄道》《バイク》《哺乳類一般》《歴史》

　ほかにもまだまだある。だが、《聖地》というジャンルの記憶はなかった。

「そうだったっけか」

　康長は気落ちした声を出した。

「あのね、今回は実写でなくアニメですからね、アニメジャンルの協力員のなかでアニメ聖地に詳しい人を選び出せばいいでしょう」

　葛西がキャンディの入ったままの不明瞭な発音で言った。

「なるほどぉ、でもどうやって？」

「残念ながら、ひとりひとりに電話して確認するほかないでしょうねぇ。なんなら、お手伝いしますよ」

葛西は親切に言ってくれたが、これは春菜の仕事だ。

「ありがとうございます。でも、自分で掛けてみます」

「となると、帰ってからの仕事だな」

康長はすぐにも捜査協力員に連絡を取ってほしいらしい。

気短なところもあるのだと春菜は意外に思った。

でも、夕方のラッシュに引っかかるかもしれないので、本部にたどり着くには一時間半以上は掛かるかもしれない。そう思うと、春菜も早く電話をしたくなった。

「いやいや、早く取りかかりましょうよ。ちょっと待っててくださいね」

のんびりと言って、葛西はスマホを取り出した。

「ああ、尼子氏？　葛西です。大友氏は帰ってきました？　そう、まだですか。ところで、お願いしたいことがあるんですよ。細川さんの登録協力員さんのファイル、キャビネットに入ってるでしょ。そこから《アニメ》ジャンルの協力員さんの名簿、写真に撮って送ってもらえないかな？」

尼子がなにやら喋っている。

「そりゃあ、ご苦労さん。じゃあ、待ってるよ」

葛西は電話を切った。

「尼子さんにそんなこと頼んじゃっていいんですか」

春菜は不安になって訊いた。

「いいに決まってるじゃないですか。捜査を迅速に進めるためです。彼だって専門捜査支援班の一員なんですから。たいした手間じゃありませんよ」

葛西はケロリとした顔で答えた。

しばらく待つと、葛西のスマホの着信音が鳴った。

「来た来た。このファイル見て電話してください」

葛西はスマホではなく、七インチくらいのタブレットをどこかから取り出した。タップすると、振り返って春菜に渡した。

「二五人かぁ」

タブレットを確認した春菜は小さく叫んだ。そう言えばアニメジャンルの捜査協力員は他ジャンルとは比較にならぬほど多かったのだ。

春菜はひとりひとりに電話を掛け始めた。

第二章　聖地ヲタクたち

1

週明けもよい天気で夏のように陽差しの強い日だった。

午後六時半少し前。春菜は東急田園都市線のたまプラーザ駅にいた。

春菜は夏物のブラックスーツを今年初めて引っ張り出していた。

改札口で六時半に康長と、捜査協力員の津田元基という二八歳の男性と待ち合わせている。

春菜と同い年ということになる。

昨日から今日に掛けて春菜は電話を掛けまくった。

アニメジャンルのすべての捜査協力員と連絡がついたわけではない。だが、今週は聖地に詳しいという三人が会ってくれることになった。

康長が人混みのなかから姿を現した。

「よう、お疲れ」

生成りっぽいリネンのサマージャケットがよく似合っている。この気温なのでぴったりだ。

「お疲れさまです」

「ああ、上はどうしてあんなに頭が固いんだ」

康長は憤慨口調で鼻からふんと息を吐いた。

「自殺説を覆せないんですね」

「そうなんだ、俺は上司に葛西の推理を話したんだ。筋が通ってるってな。だけど、単なる机上の空論に過ぎないとか言いやがるんだ」

「そうなんですか」

春菜はがっかりしたが、根府川の一件は殺人であると信じていた。葛西の理窟は納得できるものだった。いずれにしても根府川と国府津海岸、ふたつの事案は必ず絡んでいる。犯人が同一である可能性は著しく高いのである。

康長が赤松班長に依頼してくれたおかげで、春菜はふたつの事件と関わりのある聖地に詳しい協力員への聞き取りに専念できることになった。

「こんばんは、警察の方ですよね」

人混みから湧いて出たように現れたのは、白いシャツに黒いスキニーデニムというシンプルながら清潔感のあるファッションに身を包んだ若い男だった。

アッシュブラウンに染めたミドルヘアもナチュラルだった。

「はい、県警本部の細川です」

「同じく浅野です」

「はじめまして、津田元基です」

津田は歯切れのよい声で名乗った。

三角形の顔のなかで両目が明るく輝いている。

「すぐわかりましたか？」

「はい、細川さんの服装とそのデイパックですぐわかりました」

春菜が尋ねると津田はにこやかにうなずいた。

「どこかでお茶しながらお話を聞きたいんですけれど」

「あ、そしたら、駅前のカフェに行きましょうか」

津田は弾んだ声で言った。

「そうね、駅に近いと助かります」

「すぐそこです」

津田は先に立って歩き始めた。

初めて訪れた駅前広場はきれいで明るかった。

駅周辺の美しが丘地区は、全域が東急によって開発された多摩田園都市となっており、整備された街区は「郊外勝ち組」とも呼ばれることがある。

津田が春菜たちを案内したのは駅を取り巻く《たまプラーザテラス》の一階にあるカフェだった。この商業施設はショッピングモールとレストラン・カフェエリアのほかに、地域FM《FMサルース》の番組放送などに使われるサテライトスタジオや小ホールも設置されている。

カフェの店内は茶色い木枠の仕切り戸やシャンデリア風の照明などでクラシカルな雰囲気が漂っていた。

春菜たちは通りの見える窓際の席に陣取った。街路樹の鮮やかな新緑を斜光線が照らしている。

とりあえずこの店自慢の紅茶とスコーンのセットを三人分頼んだ。

「お忙しいのにありがとうございます」

「今日はどうも」

春菜と康長は名刺を差し出し、そろって頭を下げた。

「いえ、大丈夫です。って言うか警察に協力できるなんて大変に光栄です」

津田は愛想よく答えて名刺を渡した。


——株式会社ソーシャル・クオリティ　エディター

社名と肩書、さらに渋谷区内の本社住所が書いてあった。

この名刺だけではどんな仕事をしているのかはわからない。エディターということは編集者なのだろうか……。

「津田さんはたまプラーザにお住まいなんですよね」

春菜はさりげない話題から切り出した。

「ええ、ここから四〇〇メートルほどのマンションにひとり住まいです」

津田はさらっと言ったが、家族持ちではないようだ。

「どんなお仕事をなさっているんですか」

にこやかに春菜は問いを重ねた。

「うちの会社は多角的に事業を展開しています。僕はクライアントの保有しているさまざまなマニュアルを動画のスタイルに構成し直してご提供する仕事をしています。クライアントはおもに中小企業が多く、仕事の上で作成されているマニュアルが従業員にあまりきちんと読まれていないのが実情です。そうしたマニュアルで伝えるべき内容は動画だと驚くほど浸透率が高いんですよ」

津田は胸を張った。

「マニュアルと言いますと、具体的にはどのようなものでしょうか？」

「たとえば、メーカーさんの製造現場での機器操作手順ですとか、飲食店さんのコーヒーサーバーの取扱手順、ホテル・旅館さんの接客手順などさまざまなマニュアルを動画化しています」

「幅広い分野なのですね。ちょっと違う話ですけど、わたしも家電製品、たとえば電子レンジ買ったときなんかマニュアルとか読みませんもん。お友だちが家に来たときにそんなに壁にくっつけて置いちゃダメ、マニュアルに書いてあるよ、って叱られたことがあります」

ほとんどの場合、春菜は製品マニュアルなど読まないが、動画ならどうだろうか。

「それは製品マニュアルですね。まぁ、きちんと読まないユーザーが多いです。うちでも取り扱っていますが、ほとんどは業務手順マニュアルです。教える側、教えられる側双方の時間を短縮できる。アルバイトスタッフや外国人スタッフの教育に活用しやすいなど数多くのメリットが挙げられます。その意味で企業さまの潜在ニーズがきわめて高いので、こうしたマニュアルの動画化事業を行う会社はどんどん増えています」

津田の言葉は誇りに満ちていた。

「どんな動画なんですか」

「アニメーション化してナレーションやBGMを入れて、内容によって三分から二〇分程度の動画を作製します。僕はまぁ、その責任者としての業務をしています。プロデューサーとディレクターの一部の業務を兼ねているといった感じでしょうか」

「アニメーションというと、テレビアニメみたいな感じですか?」

「まぁ、低コストのものが多いので、そういう仕事はほとんどありません。わかりやすいイメージで言うと、パワーポイントみたいな感じですかね」

となると、電子紙芝居的なものなのだろう。

詳しく聞いていると、津田はいつまでも仕事の話を続けていそうだった。

「ご協力ありがとうございます。最初にお話ししておきたいのですが……」

春菜はいつものように登録捜査協力員は職務についている間は、非常勤特別職の地方公務員として扱われることを説明した。続けて、法律上の守秘義務はないが、ここで聞いた話を他言しないようにとの注意事項を伝えた。

「ご心配なく。僕がこの協力員に応募したのも、叔父が宮崎県で警察官をやっているからなんです。守秘義務についてはわかっているつもりです」

津田はまじめな顔で言った。

「叔父さまが。どんなセクションなんですか」

「父の実家がある、いなかの警察署で警務課長をやっています」

「ほう、とすると階級は警部ですね」

康長も親しげな声を出した。

「はい、そうです。叔父から警察の皆さまのご苦労もよく聞いてますので、なにかお手伝いできたらと考えたんです」

報酬も雀の涙である捜査協力員に応募してくる人は決して多くはない。こうして警察に対して好意を持ってくれている人がいてありがたい。

「ありがたいお言葉です。ところで、お話を後で確認する必要が出てくる場合もあるので、録音させて頂いてよろしいでしょうか」

「ええ、もちろんかまいませんよ」

津田はにこやかに答えた。

「ありがとうございます。実は今日お時間を頂いたのは、県警で捜査しているある事件にアニメ聖地が関連していそうなのです……」

春菜は本題を切り出した。

まず、国府津の殺人事件についてかいつまんで話した。根府川の事案についてはまだ殺人事件と判断されていないので話し方には注意する必要があった。

「この事件には根府川駅至近のコテージで起きた別の事案が関連しているかもしれないのです」

「たしかに国府津海岸と根府川駅は『ラブライブ！』の聖地ですね」

津田は低くうなった。

「そこで津田さんのアニメ聖地についての専門的知識を頼りたいと思いまして、今日はご足労頂きました」

「専門的知識を持っているというほどではないのですが」

かすかなとまどいの色が津田の表情に浮かんだ。

「津田さんはアニメにはお詳しいんですよね」

「いやぁ、個々のアニメにそれほど、詳しいというわけでもないのですが……」

ちょっと照れたように津田は笑った。

春菜は不思議な気がした。津田には電話する前から最初に話を聞きたいと思っていた。登録協力員名簿の備考欄に「聖地巡礼に詳しいです」との記載があったからである。ほかのふたりは聖地巡礼に詳しいことを電話をして初めて聞き出したのだ。

「でも、ご趣味で聖地をまわっていらっしゃるんですよね？」

　意外に思って春菜は尋ねた。

「そうですね。でも、僕は特定のアニメの推しというわけではありません。だから、聖地巡礼というジャンルがあれば、そこで登録したかったんです。仕方なく、アニメジャンルに登録したんです」

「すみません、聖地巡礼に関わる調査が必要になるとは予想できなかったんです。でも備考欄に聖地巡礼について書いてくださったので助かりました」

「東京や神奈川の聖地はかなり巡っています。おそらく五〇箇所以上でしょう」

　津田は誇らしげな表情を浮かべた。

「どうしてアニメ推しでないのに、そんなに聖地をまわっていらっしゃるんですか」

　素朴な疑問だった。

「実は仕事がらみなのですよ。うちで作っている動画のタイトルやチャプター画像などは、フリーデータは使いたくありません。商用利用できるものはヨソとかぶることが多いですし、テーマに沿った画像は見つかりません。かといって、デジタルコンテンツはコストが掛かります。そこで恥ずかしながら、僕が自分で撮影した写真を使うことが多いんです」

「本格的な写真の勉強をなさったことがあるんですか」

「いやぁ、見よう見まねですよ。でも、最近のカメラは、素人でも結構うまく撮れますので……。それでですね、うちはクライアントさんに製品のご感想を伺うんですが、ただの風景写真や花などの写真を使うよりも、アニメ聖地の写真を使ったほうがはるかに評判がいいんですよ。おおむね四〇代以下の従業員さんにウケがいいそうです。聖地写真がタイトルやチャプターに現れるだけで、集中力が倍増するようなんですよ」

なるほど、もともと退屈なマニュアル動画でも、見る側の関心を引く手立ては工夫次第なのだ。春菜は感心した。

「わたしはそれほどアニメを見ないんですけど、聖地ヲタクのそうした心理はわかるような気がします」

「プロパーな聖地ヲタクは少ないと思います。また、いわゆるアニメヲタクと呼ばれるほどいろいろなアニメ作品にのめり込んでいない人でも、聖地巡礼を趣味とする人は少なくないのです。だからこそ、内閣府や各自治体も聖地巡礼を『アニメツーリズム』として観光産業振興の要に位置づけているのだと思います」

葛西が説明していた話だ。

「やっぱり聖地ってそんなに人気があるんですね」

「ええ、でも旬じゃないとダメなんです」

「古いアニメはダメってことですか」

「アニメの発表時期の問題ではないですね。そのアニメ聖地が現在も人気を保ってるか否かです。台湾からの旅行者をとんでもない数で招いた『スラムダンク』は社会現象にさえなりましたが、もうとっくに聖地としての旬は過ぎています。発表時期は古くとも現在も盛り上がりを見せ続けているアニメはあります」

「エヴァンゲリオンなんてそうですよね」

「ああ、いい例ですね。庵野秀明監督の『新世紀エヴァンゲリオン』は一九九五年から最初のオリジナルアニメがテレビ東京系列で放送されたわけです。『スラムダンク』と同じ時期に放映されていました。ですが、第三次アニメブームのきっかけとなった作品であり、その後も劇場版をはじめ何度も展開されていて現在も高い人気を保っています。劇場版最終作の『シン・エヴァンゲリオン劇場版』が公開予定ですが、初期作品の聖地も連綿として人気を保ち続けています。ざっくり言うと、旬が続いているアニメです」

「旬のアニメを追いかけ続けるのは大変ですね」

「やはり商品として使うわけだから仕方ないですね。僕もできるだけメジャーな聖地を使うようにしていますし、アップデートできるように心がけています。会社が渋谷なんで細田守監督の『バケモノの子』の国内の聖地はほとんど撮ってます。スクランブル交差点やセンター街、代々木公園、渋谷図書館などみんな撮っていますよ。細田監督は背景描写が緻密なんですが、逆に場所がメジャーすぎるので、かえってユーザーの目を引かないんですよ」

「え、メジャーすぎるとダメなんですか？」

　春菜は驚きの声を上げた。

「はい、適度にメジャーな観光地などはいいのですが、メジャーすぎる場所の画像は、見た人が聖地を撮ったものと気づかないことが多いのです。さまざまな権利関係等から画像にアニメのタイトルを入れることは難しいのです」

　津田はきまじめな顔でうなずいた。

「あ、そうか。たとえばディズニーランドがなにかのアニメの聖地でも、写真を見た人が聖地と認識しなければ意味がないですもんね」

「その通りです。ディズニーランドは『やはり俺の青春ラブコメはまちがっている。』の聖地です。このアニメは第一期が二〇一三年四月からTBS系列で放映され、現在第三期まで続く予定です。作中にはワールドバザールやスペースマウンテンが登場しますが、それらのアトラクションの写真を見たところで誰もアニメ聖地とは考えてくれません。ただのディズニーランドの写真としか思わないわけです」

「たしかにそうですね。あまりにもメジャーな場所では聖地であることに気づいてもらえないのですね」

春菜は納得した。

「そうなのです。聖地効果が高いのはメジャーな作品中でドラマ的に大切なシーンが描かれる場所であり、かつ、ある程度マイナーな場所がいいのです。ふつうの住宅地などで、ファンが必死でアニメ中の位置を確定しているような場所のほうが聖地効果が高いと言えます」

津田は春菜の目を見つめてゆっくりと言った。

「聖地のなかでもどこを選ぶかは難しそうですね」

「ええ、そうなのです。まずは『訪れてみたい日本のアニメ聖地88』を参考にしています。『新世紀エヴァンゲリオン』『バケモノの子』『やはり俺の青春ラブコメはまちがっている。』もみんな入っていますよ。ですが、SNSの情報などにも常に注意を払っています。聖地巡礼をするファンの数が多いからと言って写真にしたときに目を引くとは限りません。ある特定の聖地を見て、これがウケるってわかるのは一種の勘ですね」

津田は得意げに言った。

「では『ラブライブ！』はどうでしょうか」

ようやくこの話題を振ることができた。

我が意を得たとばかりに津田はうなずいた。

『ラブライブ!』も長く旬の続いているアニメですね。現在は第二シリーズの『ラブライブ!サンシャイン!!』に引き継がれていて聖地88にはこちらが入っています。ですが、まずはオリジナルシリーズです。本シリーズの特徴は主要登場人物のほとんどが女性なのです。スクールアイドルグループμ'sのメンバー、高坂穂乃果、絢瀬絵里、南ことり、園田海未、星空凛、西木野真姫、東條希、小泉花陽、矢澤にこ、この九人の女子高生が主人公です。彼女たちを演じている九人の女性声優すなわち新田恵海、南條愛乃、内田彩、三森すずこ、飯田里穂、Pile、楠田亜衣奈、久保ユリカ、徳井青空によるアイドル・ユニットも存在するんですよ。このリアルのほうのμ'sは二〇一五年のNHK紅白歌合戦にも出場してます」

津田は嬉々として説明した。

春菜はテレビをあまり見ないし、アイドルグループに関心がないので知らなかった。

そんなにも人気があるとは驚きだった。

「へぇ。μ'sは実在するわけか」

「そこがメディアミックス・プロジェクトの強みですね。本題に戻すと、彼女たちが所属する音ノ木坂学院は理事長も同級生もすべて女性です。男性は登場してもモブキャラです」

「モブキャラってなんだ?」

康長がぼんやりと訊いた。

「ザコキャラとも言いますね。個々の名前が明示されない群衆キャラです」

「ああ、エキストラみたいなもんか」

「ま、エキストラとはちょっと違います。登場人物の家族、たとえば父親なども登場しますが、名前もはっきりしないのです。とにかく女性キャラを描いた作品です」

「じゃあ、男しか見ないんじゃないのか」

「決してそんなことはありません。いまは少し減ったかもしれないですけれど、オリジナルシリーズで人気が高まった第二期くらいには女性ラブライバーが数多くいました。そうですね、二〇一四年くらいからでしょうか。ともにアイドルを目指す女子たちの友情や葛藤を描いていていて恋愛要素がないので、かえって主人公たちに感情移入しやすい女性が多かったのかもしれません。ファンがカップルで聖地デートしたり、女の子グループで聖地巡礼したりというようなケースは珍しくありません。登場人物とストーリーについて詳しいことを説明しますと……」

「『ラブライブ！』のストーリーはいいから……」

康長があわてて顔の前で手を振った。

「アニメの概要についてはほかの人から話を聞いています。『ラブライブ！』の聖地について、ご存じのことがあれば、教えて頂きたいんですが」

春菜も誘導せざるを得なかった。『ラブライブ！』自体を研究しているわけではない。

「まずはなんと言っても神田明神でしょう。アイドルグループμ'sのメンバーの一人である東條希の実家なのです。すぐ近くにはμ'sのメンバーがトレーニングしていた男坂もあります。それから秋葉原ですね。飲食店だけでも何軒も登場しますから」

「あ、まずは神奈川県内の聖地について教えてください」

「都内千代田区中心のアニメですが、神奈川県内の聖地と言えば、第二期第一話『私たちが決めたこと』に登場する国府津海岸と根府川駅です」

「やはり、その二箇所ですか」

「ええ、ある調査では全アニメ作品の神奈川聖地で、行きたい聖地一位に選ばれたのはブラウザゲームで人気を得て二〇一五年にアニメ化された『艦隊これくしょん -艦これ-』通称『艦これ』に登場する旧帝国海軍横須賀鎮守府司令長官官舎、現海上自衛隊田戸台分庁舎でした。ここには鎮守府長官室なども現存します。もちろんアニメ聖地88に入っています。しかし、この施設は期間限定で一般公開されたことがあるだけなので、なかなか見られない希少価値からの人気と思われます。そして、第二位が国府津海岸、第三位が根府川駅なのです」

「そんなに人気があるんですか！」

全アニメ作品の神奈川聖地で二位、三位の人気とはすごい。

「ええ、続いて第四位が『ＴＡＲＩ　ＴＡＲＩ』のオープニングに使われた鎌倉市坂ノ下海岸沿いの国道１３４号の歩道。さらに第五位が『つり球』に出てくる江島弁財天と続きます。まず『ＴＡＲＩ　ＴＡＲＩ』ですが、江ノ島と江ノ電沿線地域を舞台にした青春ドラマです。主人公は……」

ふたたび、康長があわてた。

「いや、『ラブライブ！』に話を戻してくれ」

「わかりました。そういうわけで国府津海岸と根府川駅は神奈川県内の数あるアニメ聖地のなかでも大変な人気を誇る場所です。国府津海岸は釣り人も多い場所ですが、いまでも季候のよい休日などはレジャーシートをひろげるグループもかなりいるようです。また、根府川駅は国府津海岸と違って駅から歩く必要のない場所なので、かなり大勢の人が訪れます。ほとんどの人がアニメで描かれた夕映えを目当てにしていますので、その時刻に巡礼者が押し寄せる日もあるようです。ところが、あの駅は撮り鉄の人たちにも人気があるのです」

「そうだったんですか」

春菜は身を乗り出した。

「ええ、青い海や空と電車を一緒に撮れるポイントだとかで、ホームにカメラがずらりと並ぶ日もあるそうです。危険なことが何度かあり、下り熱海方面の四番線ホームの東京寄りは撮影禁止になったそうです」

「迷惑を掛けた撮り鉄の人がいたのですね」

「そうでしょうね。僕が行ったときには撮り鉄の人はいませんでしたが、あのホームの端はすごく狭いので、列車接近時には危険なんだと思います」

「聖地巡礼のラブライバーと撮り鉄の人の間でトラブルが発生したようなことはありませんか」

「聞いたことはないですね。まぁ、ホーム上の位置などで棲み分けができているのだと思います」

「なるほど。とにかく根府川駅は人気なのですね」

「ええ。ああ、そうだ。国府津海岸でおもしろいことを思い出しました」

「どんなことですか。あの聖地には先週行ってみたんですけれど」

「聖地の砂浜に降りる前に、海沿いの道を通りましたよね？」

「ええ、左手に住宅が建ち並ぶあたりですよね」

「あそこは海岸線が浸食されて、何度も高潮による被害を受けている道路なんです。台風時には危険で通行できないことも多かったらしいです。台風通過後は道路に波が運んだゴミが散乱していることも珍しくなかったそうです。そこで二〇一三年から本格的な護岸工事が行われ、道路の海側が防潮堤として機能するように工事が進められました。およそ八〇〇メートルの区間です」

「ああ、道路から海は見えなくなっていますよね」

「ええ、二〇一七年に工事が終わったんですが、このために『ラブライブ!』の聖地が大きく変化したんです」

そう言えば葛西が言っていた。

「階段がなくなったとか……」

「そうです。それまではゆるやかな弧状のコンクリート階段が連続して設けられていていい雰囲気だったのです。アニメでも九人はこの階段を駆けて砂浜に降ります。九人が夕陽を望む感動のシーンの背景にも描き込まれているのです。ところが、護岸を九メートルから一・五メートル高くしたので、すべての階段はいったん撤去されました。代わりに二〇〇メートル間隔で幅の狭い入口と階段が新設され、景色はまるで変わってしまいました」

「その幅の狭い階段を降りました」

「おもしろいというのはここからです。これを見てください」

津田はかたわらに置いていたタブレットをタップした。

「あ、あの道路ですね」

八インチほどの画面には先日の海沿いの細い道路が写っている。

「Googleのストリートビューです。ご覧の通り、現在のかさ上げされた護岸が写っています。ちょっと見ていてください」

津田はタブレットをスワイプした。

「あっ！　階段」

ほんの一瞬だけ護岸が低くなった。その上に延びるグレーの鉄柵の向こうには海が見える。さらに砂浜へと続く丸いコンクリート階段への入口もはっきりと写っていた。

「なぜか『ラブライブ！』聖地のところだけ、一瞬、古い写真を使っているのです。ご存じのようにストリートビューは、連続する無数の写真をつなぎ合わせたものです。ほかの部分が二〇一九年四月の撮影となっているのに、ここだけは二〇一三年七月の撮影なのです」

春菜は驚いた。まるでゲームの隠しコマンドみたいだ。

隣で康長も低くうなった。

「『ラブライブ！』ファンへのひそかなサービスなのでしょうか」

「Googleに質問してみないとわかりませんが、あるいはそうかもしれません。僕はここに撮影に行くときに何度もこのストリートビューを確認して偶然気づいたんです。不思議なことに東方向に進むときだけ一瞬現れて、西方向に進んでもこの古い画像が現れることはありません。もしかすると、ここの撮影時に聖地付近にはあまりに多くの人が写っていたので、掲載を避けたのかもしれませんね」

津田はタブレットから指を離した。

「ありがとうございます。津田さんは本当にお詳しいですね」

「いや、仕事に必要な範囲で情報収集しているだけですよ」

照れたように津田は笑った。

本人の言葉とは裏腹に、津田はかなりの聖地巡礼ヲタクだと春菜は思っていた。

「ところで、こうした聖地巡礼を趣味とする人たちのネットコミュニティとかって存在するのでしょうか」

「あるみたいですね。でも、僕はそこまで見ている余裕がないのでよく知りません」

予想はしていたが、残念だった。

「では、薄田兼人さん、堀内久司さんという方のお名前は知っていますか」

「いいえ、まったく聞いたことのない名前です」

津田は首を横に振った。

春菜はスマホを差し出して康長から転送してもらっていた、ふたりの顔写真を見せた。もちろん生前の写真である。

「さぁ、ふたりとも見たことありませんね」

しばらく確認するように写真を眺めていた津田は、ふたたび首を横に振った。

「ありがとうございます。もうひとつ伺いたいのですが、『愛矢』という言葉をご存じですか？　読み方もはっきりわからないのですが……」

春菜はスマホのメモアプリに記して津田に見せた。

「え？　女性の名前ですよね？」

面食らった顔で津田は訊いた。

「アニメの登場人物とか、あるいは聖地巡礼に関係した言葉としてご存じないかと思いまして……」

「いや、知りませんね」

そう簡単に謎の言葉の意味がわかるとも思えない。

「わかりました。浅野さん、なにかお尋ねしたいことは？」

「いや、とくにない」

後半は津田の脱線もそれほどなかった。そのためなのか、もともと関心がない分野のためなのか康長はほとんど黙って聞いていた。

春菜は津田に向き直って頭を下げた。

「ありがとうございました。伺いたいことがあったら、まだご連絡させて頂くかもしれません」

「大歓迎ですよ。最初に言いましたが、警察に協力できるのは嬉しいのです」

津田は愛想よく笑った。

春菜たちはカフェで津田と別れて改札口へと向かった。

空はすっかり藍色に沈んでいたが、駅前広場はたくさんの照明に輝いていた。

「たいした収穫はありませんでしたね」

「いや、俺は現場のことがよくわかってよかったよ。まぁ、犯人に結びつくようなことはなにも出なかったけどな」

康長はさらりと言った。

下り電車に春菜たちは乗り込んだ。

上大岡に帰る康長は、隣のあざみ野駅で横浜市営地下鉄ブルーラインに乗り換えるために降りた。

春菜は終点の中央林間まで乗って小田急線に乗り換える。あざみ野で座れたので、ぐっすり寝入ってしまった。

仕事帰りの客で賑わう中央林間駅のエキチカで、春菜は夕食を買って小田急線に乗り換えた。

捜査協力員と会うのに少しは慣れてきた。しかし、帰路ではいつもかなりの疲労を感じていることが多かった。

だけどこれが自分の仕事なんだ。

春菜はあらためて気を引き締めた。

2

翌日、春菜と康長は午後四時少し前にJR横須賀線の保土ケ谷駅西口改札にいた。

捜査協力員の布施京介と待ち合わせていたのだ。

布施は二四歳の大学院生だ。専攻は電子工学と名簿に記されている。

住居がこの近くなので、保土ケ谷駅が都合がよいとのことだった。

四時ちょうどに春菜のスマホに着信があった。

「あの……細川さんの携帯でいらっしゃいますか」

遠慮がちに訊いてきた。

「はい、刑事部の細川です」

春菜は明るい声で答えた。

耳にスマホを当てたまま中背で痩せ型の若い男が歩み寄ってきた。

にこやかに春菜はお辞儀した。

「布施です」

スマホを耳から離してポケットに入れると、男は緊張気味に名乗った。

顔も細いが目鼻立ちも小作りで、お坊ちゃんっぽい感じに見える。

シルバーフレームのラウンド型のメガネがよく似合っているが、神経質そうなイメージがある。

「よろしくお願いします。こちらは……」

「同じく刑事部の浅野です」

浅野もていねいに頭を下げた。

「本日はお声掛け頂きありがとうございます。お役に立てれば幸いです」

きわめてていねいな、いやていねいすぎるあいさつだった。

「どこかでお茶しましょうか」

　春菜の言葉に布施は気難しげに眉を寄せた。

「それでもよいのですが、今日は聖地巡礼についてのお尋ねなんですよね？」

「ある事件で聖地巡礼についての情報が必要になりました。わたしも浅野も聖地については、まったくの素人なんです」

「もちろん僕も専門家と呼べるほどの知識は持っていません。単なる趣味に過ぎませんので……。ただ、幸いにも保土ケ谷までお越し頂けたので、この地の聖地をご案内しようと思っているのですが」

「保土ケ谷にも聖地があるのですか」

「はい、非常にメジャーな聖地があります。『ソードアート・オンラインⅡ』の聖地があります」

「はぁ……ソードアート・オンラインですか」

　初めて聞いたタイトルだった。

「ＳＡＯをご存じありませんか」

「ごめんなさい。わたしアニメはほとんど見ないので……」

　春菜は正直に答えた。子どもの頃はセーラームーンとかゴマちゃんとか、ドラゴンボールで育った。だが、大人になってからはテレビ自体をあまり見ない。ネットでわざわざアニメを見ることもなかった。

「俺は最近のアニメはぜんぜん知らないんだ」

康長は頭を掻いた。

捜一では忙しすぎて、テレビでもネットでもアニメを見ているヒマはないだろう。

「気にしないでください、僕は特別にSAOのファンというのではなく、聖地についていろいろと考察しているものですから」

「そうなんですか」

「はい、たまたまこの保土ケ谷に住んでいるので、SAOの聖地も何度か訪ねています。しかし、驚きましたね。SAOをご存じないとは……」

皮肉な調子はなかった。素直に驚いているようだ。それほど有名なアニメなのだろうか。

「すみません」

布施は首を横に振った。

「いえ、謝ることではありません。では、おふたりはアニメや聖地についてまったく初心者の方という認識でよろしいでしょうか」

「はい、まったくの初心者です」

「俺なんて聖地って言葉、先週の金曜日に聞いたばかりだからね」

康長の言葉に布施は噴き出した。

「あははは、そんな馬鹿な」

布施はギャグとしか思っていないようである。

「いや、ほんとの話だよ。細川の同僚から教えてもらったんだ」

「え……冗談ではないのですね」

目を大きく見開いて布施は低くうなった。

「はい、まぎれもなく事実です」

春菜は冗談めかして言った。

「わかりました。少し覚悟しなければいけないようです」

真剣な表情で布施は言った。

「別にさ、覚悟なんてしなくてもいいよ。気楽に頼むよ」

康長は苦笑いして答えた。

「とにかく、実際に聖地に行ってみましょう」

布施はまじめな顔のまま踵(きびす)を返した。

駅を出るとロータリーには大きな二輪車用の駐輪場が設けられていた。

ある程度の距離を通勤してくる住民が多いのだろう。

布施はなにも言わずに駅前の商業施設に沿って歩き、両側にマンションがそびえる細い道に入っていった。

やがて、マンションがきれ、布施はこぎれいな住宅地のなかの坂道を上り始めた。

道の向こうには青い空にぽかりぽかりと綿雲が浮かんでいる。

「あの、もしよろしかったら……」

とつぜん布施が立ち止まって振り返った。

「はい？　なんでしょう？」

「歩きながら、ソードアート・オンラインについて簡単にご説明しましょうか」

「ぜひお願いします」

春菜としても聖地を見に行くのだから、アニメの雰囲気だけでも知っておきたかった。

「手短でいいよ」

康長は牽制することを忘れなかった。

「わかりました。とにかく膨大なシリーズで二〇年近い歴史がありますので、ごくかいつまんでお話しします」

布施はうなずくと、前を向いて歩きながら口火を切った。

「ソードアート・オンラインは、川原礫先生のＶＲＭＭＯＲＰＧ系のライトノベルが原作です。二〇〇二年から二〇〇八年までご本人のサイトでオンライン小説として掲載されたのが始まりです。川原先生が電撃ゲーム小説大賞を受賞したことがきっかけで書籍化されました。その後、漫画、アニメ、ゲーム、テレビドラマと多角的に展開している物語です。原作はシリーズ累計で一三〇〇万部という大ベストセラーとなっています。日本ばかりじゃありません。国外でも一三ヶ国以上で翻訳されて、今年四月時点で全世界で二六〇〇万部という記録を上げています」

淡々と布施は説明したが、春菜は驚きを隠せなかった。

「そんな大人気作品なんですか！」

あくまで累計なのだが、一三〇〇万部と言ったら日本人の一〇人にひとりが読んでいる計算になる。部数だけで言えば世界ではその倍だ。

「ごめんＶＲＭ……なんとかってなんだ？」

康長がぼんやりと訊いた。

「えーと、バーチャル・リアリティ・マッシブリー・マルチプレイヤー・オンライン・ロール・プレイング・ゲームの略称でＶＲゴーグルを用いた同時参加型オンラインＲＰＧのことなんです」

「RPGっていうとドラクエみたいなもんか。俺、小学生んときにスーパーファミコンでずいぶんやったぞ」

康長がなつかしそうに言った。

「ま、源流はそのあたりですね。VRMMORPGは、仮想現実大規模多人数同時参加型オンラインゲームと訳されていますが、たくさんの人が仮想現実のなかに同時に入ってプレイするタイプのゲームで、通常はVRゴーグルを使用します。で、本作は二〇二二年が舞台で、執筆当時からすると近未来を描いた作品です。主人公の桐ヶ谷(きりがや)和人(かずと)は一四歳の少年ですが、ゲーム上のプレイヤーネームはキリトです。彼は次世代型VRゲームのソードアート・オンラインにログインするのですが、約一万人のプレイヤーとともにゲーム内の世界に囚われてしまいます。さらにその世界内ではゲームオーバーが現実の死を招くという恐ろしい世界なのです。この厳しい条件下でゲームをクリアするために戦い続けます。アスナ、現実世界では結城(ゆうき)明日奈(あすな)という少女とともにキリトはゲームをクリアするために浮遊城《アインクラッド》の最上階を目指します。とまぁ、ざっと言うとそんなお話です」

坂道のためか、布施は息を弾ませて喋った。

「なるほど、仮想現実と現実がリンクしてしまう……『マトリックス』みたいな話ですね」

春菜の言葉に布施は気難しげな顔になった。

「うーん、『マトリックス』よりも直接的には『ウルティマオンライン』や『ラグナロクオンライン』というネットワークRPGの嚆矢と呼ばれるゲームの影響を受けていると、川原先生ご自身がおっしゃっていますね。また、映像作品では、かの押井守監督がメガホンをとった二〇〇一年公開の実写映画『アヴァロン』に影響を受けているそうです。この作品も近未来ものでして、アヴァロンという名のオンラインゲームが……」

布施の言葉を康長がさえぎった。

「いや、ますますこんがらがるからそっちはいいや。とにかくゲーム内で死ぬと現実でも死んでしまう。だから、必死でゲームをクリアするって話だな」

「大雑把な理解としてはそれでいいと思います」

布施はもっともらしい声で答えた。

「二〇〇二年に書き始められたということですが、VRゲームって、いまじゃけっこう一般的になってますよね」

春菜の言葉に布施は大きくうなずいた。

「はい。第二世代に入ったと言ってもいいでしょう。メタバースつまり仮想世界でプレイするゲームは盛んに制作されています。オンライン型だけを見ても『Beat Saber』『The Elder Scrolls V』『VRカノジョ』『Stormland』などがすぐ思い浮かびます。それからほかにも……」

　ふたたび康長がさえぎった。

「あのさ、あんまり話ひろげないでよ。頭がついていかないよ。聖地の話に絞ってくれないかな。ゲームの話はいいから」

　春菜は布施に余計な話をさせたことを後悔した。

　そうでなくても話しているせいで、布施の歩くペースはひどくゆっくりだ。

　春菜たちほど鍛えているはずもない布施はときどき立ち止まっては呼吸を整えている。

　坂を上るのはどうと言うことはないが、快晴に近いだけに紫外線がちょっと気になる。

「失礼しました。聖地巡礼の話に絞ります。ソードアート・オンラインは伊藤智彦（いとうともひこ）監督によりアニメ化され、TOKYO MXテレビなどで二〇一二年に放送されました。Ⅱは続篇ですが、ⅠでデスゲームSAOから無事生還したキリトが、デス・ガンというプレイヤーに撃たれた者が現実世界で変死したという謎を追うために《ガンゲイル・オンライン》というVRMMORPGにダイブして、新たな戦いに挑むという物語です。伊藤智彦氏が引き続き監督をつとめ二〇一四年に同じ系列で放送されました。ほかにもⅢにあたる『ソードアート・オンライン アリシゼーション』と劇場版の『ソードアート・オンライン-オーディナル・スケール』などが作られています。また、二〇一四年から現在まで、川原先生が原案・監修で時雨沢恵一（しぐれさわけいいち）先生が執筆というかたちで『ソードアート・オンライン オルタナティブ ガンゲイル・オンライン』という続篇が刊行され続けています。こちらもすでに累計一五〇万部近い人気作で二〇一八年にアニメ化されました」

ほとんど立ち止まって、布施はとうとうと話し続けた。

「あのさ、聖地の話だけでいいんだって」

康長はあきれ顔でたしなめた。

「ああ、そうですね。このシリーズはメインの舞台はＶＲＭＭＯＲＰＧのなか、つまり仮想現実なわけです。ですが、現実世界を描いたシーンもあって、都内と、埼玉県、神奈川県に聖地が存在します。劇場版は『訪れてみたい日本のアニメ聖地88』に選ばれています。ファンの多いアニメなので、聖地巡礼をする人も少なくないです。ほとんどはまったく問題のない人なのですが、騒いだりして迷惑を掛ける人もわずかながら存在します。ただの住宅地なので、聖地巡礼にはとくに注意が必要です」

布施は真剣な顔で言った。

「そうですよね。住んでいる人たちにとってはなにも関係ないことですもんね」

「細川さんのおっしゃる通りです。そんなことを言っている間に聖地のひとつに到着です」

保土ケ谷駅から一〇分ほど歩いたところだろうか、右手にマンションを背景とした広葉樹に囲まれた小さな公園が現れた。

「ソードアート・オンラインⅡのマザーズ・ロザリオ編二三話で登場する公園です」

三人は公園の前の道路で立ち止まった。

「なんのことはない児童公園だな……」

住宅地にはよくある、ブランコやすべり台が目立つくらいの小さな公園だった。

「ですが、この公園前の道路はドラマのなかでは非常に重要なシーンとして描かれます。二三話の現実世界は終末期医療下にある紺野木綿季（こんのゆうき）という少女がメインの回です。彼女は仮想世界で最強の戦士であるユウキですが、現実世界の彼女は、無菌室から出られない病状なのです。そんなユウキの最後の夢は『また学校に行きたい』というものでした。主人公のキリトは自分が作った装置を使って彼女の夢をかなえます。終盤で彼女はかつて住んでいた家を訪れます。幸せな想い出の残るその家はこの公園の真ん前なのです。ほらこれです」

布施はポケットからスマホを取り出すと画面を掲げて見せた。

春菜と康長は同時に画面を覗き込んだ。

夕闇が迫る静かな住宅地に少女が立っている絵柄だった。彼女が見つめる先には丸い照明灯が目立つ住宅があった。布施がほかの絵を見せると、少女が公園の入口近くの路上に立っていることがわかる。

「ぜんぜん違うぞ。公園の前はマンションじゃないか」

康長は実景と見比べながら口を尖らせた。

「そうなのです。この家は主要登場人物の家ですから、物語の都合上、大きく変えてあります。ですが、公園はほぼそのままです。本作は実景とは異なるところもありますが、最低限のモディファイで済ませています。アニメは制作者の意図で実景をそのまま描こうとする作品と実景をモディファイしてより美しい背景を創り出そうとする作品があります。そこがおもしろいところです。同じような作品に、一例ですが、鴨志田一先生のシリーズ累計二〇〇万部の小説を原作としたテレビアニメ『青春ブタ野郎はバニーガール先輩の夢を見ない』の代表的な聖地である、鎌倉市の江ノ電七里ヶ浜駅の光景などは電柱、自販機、トイレの表示、曲がったステンレスの柵、行合川の河口部のポーターなど、ほぼ実景通りに忠実に表現されています。とくに差し障りのある部分以外に変えてあるのは電線の数を減らしているくらいです」

春菜はタイトルの奇抜さに驚いたが、質問をすると話が際限なくひろがるおそれがある。

「あるいは朝霧カフカ先生が原作、春河35先生の作画によるマンガを原作とした『文豪ストレイドッグス』というアニメには横浜がたくさん登場しますが……」

「あのさ、作品が次々に増えてゆくと理解できないんだよ」

幸いにも康長が押し留めてくれた。

「わかりました。おふたりが初心者ということをつい忘れてしまいまして……もうしばらく歩くと、もうひとつの聖地があります。そこまで行きましょう」

クルマの通れない細い道を抜けてしばらく歩くと道が下り坂になった。太陽の位置から南へ向かっているとわかった。さらに進むと広葉樹の続く道となり、長い階段を上ると新たに高台の住宅地に出た。

布施はなにも言わずに道路を下り始めた。この道の脇にはけっこう大きい桜の木が植えてあって木陰を作って雰囲気がよい。しかし、どこへゆくのだろうと思っていたら左側に古びた立派な教会が現れた。

「保土ケ谷カトリック教会。ここが聖地です」

布施はちょっと誇らしげな声で言った。

「きれいな教会ね」

「へぇ、由緒ある建物だなぁ」

康長も感心したような声を出して建物を見上げている。

「昭和一三年竣工の歴史ある建物です。とても美しい教会ですので、『波の数だけ抱きしめて』『ロングバケーション』『魔王』などの実写映画やテレビドラマでもロケ地となっています」

「そうだろうなぁ。この建物はカメラ映えするよなぁ」

「はい、とても素晴らしいです。SAOⅡの二四話で、先に話した紺野木綿季の葬儀が行われます。ちょうど桜が満開の時季です。彼女は現実世界では病院で亡くなりますが、その直前に結城明日奈が仮想世界に連れて行きます。そこではたくさんの仲間たちに見守られて息を引き取るのです。その後、紺野木綿季の告別式がここで行われ、たくさんの人々が弔問に訪れます。それらの人々は皆、仮想世界でのゲーム仲間たちなのです」

熱っぽく布施は語った。

「なるほど、仮想世界の仲間たちが現実世界で集まるという場面なのね」

感動のシーンというのは、なんとなくわかった。

「礼拝堂も素敵なのですが、入ってみませんか」

布施は気を引くように誘った。

「いや、俺、カトリックじゃないし、教会の方に悪いからいいよ」

康長はにべもなく断った。

「では、庭だけでも」

淋しそうに布施は言った。

「そうね、庭だけちょっと見て帰りましょうか」

さすがに気の毒になって春菜は言った。

布施はにっこりうなずくと先に立って門内に入っていった。

聖堂への入口には荘厳な雰囲気があった。右手には司祭館が建っている。

布施は建物の横にまわって木陰のある庭へと春菜たちを連れていった。

「この場所は教会のなかでも重要なスポットです。作中ではここに木製のベンチが置いてあります。ここで明日奈はシウネーというプレイヤーと出会います。いや、シウネーは仮想世界の仲間なのですが、現実世界では安施恩という在日韓国人の父を持つハーフで、急性リンパ性白血病と闘っていました。安施恩は現実世界で心が折れそうになったときに紺野木綿季の姿を見ていて自分も頑張ろうとしていたと明日奈に語ります。明日奈が安施恩の病状を尋ねると、彼女は治験薬が劇的に効いて病魔を追い払ったと伝えます。安施恩は明日奈と木綿季に深い感謝を伝え、ふたりは抱き合います。非常に感動的な場面なのです」

布施はうっとりと語った。

ストーリーが仮想世界と現実世界にわたっているので、複雑すぎて春菜にはなかなかついていけない。だが、ここが感動のシーンの場所だというのは理解できた。

すぐそばの白いマリア像の近くには、さらに四つのベンチが四角く並べてあった。

「このベンチは作中に登場します。座ってみませんか」

ふたたび気を引くように布施は言った。

ちょうどよい。いままでこちらからゆっくり話すチャンスがなかった。

「座りましょう」

春菜がさっさと腰掛けると、康長と布施もほかの二方向のベンチに座った。

「ちょっと説明させてね」

施設の性質上、そう長くはいられないだろうが、聖地についてはじゅうぶんすぎるくらいの説明を受けた。すでに聞きたい内容は少なかった。

春菜は遅ればせながら捜査協力員についての注意事項を伝えた。

「もちろんです。おふたりにご迷惑を掛けるようなことは絶対にしません」

布施は真剣な表情でうなずいた。

「ひとつ訊いてもいいですか？」

春菜はいままで訊きたかったことを口にした。

「はい、なんでもどうぞ」

「布施さんは最初に特別にＳＡＯのファンというのではないと言ってましたけど、本当は大ファンですよね」

春菜にはそうとしか思えなかった。

「まぁ、多少は……やっぱり好きな作品です」

布施は素直に認めた。

「そんなＳＡＯのファンであるあなたが、ＳＡＯの聖地で人を殺すっていう行為をどう思いますか？」

「ええと、それは現実世界の話ですよね？」

とまどいがちに布施は訊いた。

「もちろんそうです。たとえばさっきの公園とか、この教会とか」

「あり得ませんね！」

布施は怒りの籠もった叫び声を上げた。

かなり向こうにいた年輩の女性たちが、こちらを見た。

春菜が自分の唇に指を当てると、布施は頬を染めてあごを引いた。

「そんなことは考えられないのかな」

「あたりまえじゃないですか」

布施は声を落として答えた。

「聖地というのは、美しい場所であるばかりか、ストーリーのなかでも感動的なシーンが描かれているのです。だからこそ聖地なんじゃないんですか。作品にとって重要な場所を血で汚すなんて信じられません。少なくともその作品のファンではないですね。いや、アニメのファンとは思えません」

声を怒らせて布施は言った。

春菜は話を『ラブライブ！』に振ることにした。

「話は変わりますけど、『愛矢』という言葉を知っていますか。たぶん『ラブライブ！』の関係かと思うんですが」

スマホのメモアプリを春菜は布施に見せた。

「いや、聞いたことないですね」

言下に布施は否定した。

「ご存じないですか」

重ねて春菜は問うた。

「僕は『ラブライブ！』の聖地なども見ていますが、知らない言葉です」

きっぱりと布施は言い切った。

急にはっと気づいたように布施の表情が変わった。

「愛矢……英語に置き換えると、ラブアローか」

「なんですかそれ？」

「いや、ラブアローシュートという言葉が『ラブライブ！』に出てくるんです」

布施は興味深げな顔で答えた。

「なんですって！」

「どういう意味だよ」

春菜と康長は同時に叫んだ。

「アニメの第一回『叶え！私たちの夢――』で、高坂穂乃果がμ'sの結成を思いつき、友だちで日本舞踊の家元に育った園田海未を誘います。海未は断りますが、本当はアイドルに憧れていたのです。彼女は弓道の練習中に妄想に陥り、そのなかのライブステージでこの言葉を口にします。みんなのこころを打ち抜くぞという意味です。愛矢を英語にすればラブアローですよね」

布施はちょっと得意そうに言った。

「やっぱり『ラブライブ！』に出てくる言葉だったのね」

春菜はうなった。

「その登場人物の名前をここに書いてくれないか」

康長はあわてたように手帳とペンを差し出した。

布施はさらっと書いて手帳を康長に返した。

「ありがとう。この人物名を内田さんに調べてもらおう」

康長の声は弾んでいる。

「国府津海岸と根府川駅もご存じですね」

質問を続ける春菜の声も明るくなった。

「第二期第一一話『私たちが決めたこと』に登場する聖地ですね」

「実は一年ほど前に国府津海岸で殺人事件が起きたのですが、まだ犯人は捕まっていません」

「なにかの記事で読んだような気がします」

「犯人が『ラブライブ！』のファンという可能性はあるでしょうか」

春菜は慎重に尋ねた。

「もし、計画的な犯行だとしたら絶対にない、と断言できます。聖地ファンはそんなことしません。たとえは悪いですが、自分が大切にしている家の居間でオシッコするよりひどい話です。ファンであるはずがありません。絶対に許せません」

怒りに布施は声を震わせた。

となると、聖地を現場に選んだふたつの事件の犯人は、アニメファンではないのだろうか。

「被害者は『ラブライブ！』の聖地に夜間に出かけて犯罪に巻き込まれたおそれもあるのですが、やはり聖地巡礼なのでしょうか」

春菜の問いに布施は首を傾げた。

「不思議ですねぇ。あの場所に行くなら、夕方、しかも晴れた日の夕方しかあり得ないんですけどね。どうしてその被害者の方は夜に国府津海岸になんて行ったんでしょうか。あそこは夜に行ってもなにも見えないと思いますが」

布施は両腕を組んだ。

予想された答えだが、やはり堀内は国府津海岸に聖地巡礼に行ったのではなさそうだ。

「ところで、布施さんはおひとりで各地の聖地巡礼をされるんですか」

「はい、あくまで個人的な楽しみですから、いつもひとりで行きます」

まじめそのものの顔で布施は答えた。

「趣味を同じくしている友人はいますか」

「とくに求めようとしていません」

「では、ツィンクルなどのアニメ聖地や『ラブライブ！』の聖地に関するコミュニティをご存じありませんか」

春菜は質問を変えた。

「たくさんあるのかもしれませんが、僕はSNSやコミュニティなどでの匿名による無責任な発言に惑わされたくないので、一切入っていません」

布施は断言した。

愛矢がラブアローシュートを意味するとわかっただけでも大収穫である。

このあたりで質問を終えてもよいだろう。

さっと春菜が康長の顔を見ると、小さく首を横に振った。

「ありがとうございました。今日はお時間を頂き恐縮でした」

春菜と康長は頭を下げた。

「いえ、少しでもお役に立てたのなら嬉しいです」

布施はまじめくさって答えた。

聖地ファンの気持ちがよくわかって、布施との聖地めぐりは役に立った。

「本当は相鉄線の星川駅もSAOⅡの聖地なのでご案内したいのですが……」

「星川っていうと、保土ケ谷駅の反対側の坂を下ったところだね」

「ええ、そうです」

「まぁ、いいや。SAOの話はじゅうぶんわかったから」

「そうね、布施さんのご自宅はそちら側なの」

「ここから少しだけ星川側に下ったところです」

「じゃあ、俺たちは保土ケ谷に戻るので……道はマップで調べるから」

「わかりました。今日はありがとうございました」

布施は几帳面な感じで一礼した。

春菜と康長は教会の前で布施と別れて保土ケ谷駅へと向かった。

駅前に戻ると、五時半を回っていた。

「かるくやってかないか」

康長は右手で杯をあおる仕草を見せてほほえんだ。

「いいですね！　行きましょう」

春菜は弾んだ声で答えた。

ふたりは駅近くの古いがこぎれいな小料理屋を見つけて入った。

六人掛けのカウンターと四人掛けのテーブルが三つある店だった。

白木のテーブルに着くと、とても落ち着いた気分になった。

「わ、山菜がいっぱい」

季節のメニューを見て春菜のこころは躍った。

すっかり忘れていたが、山菜の季節だった。

「わたしのふるさとの山野でも四月中旬から五月下旬くらいはたくさんの山菜が採れるんです。山菜は庄川(しょうがわ)温泉郷でも自慢なんですよ」

「そうかぁ。細川のふるさとって雪国だもんなぁ」

康長は感心したように言った。

「そ、冬の間、雪に苦しめられた山野からの恵みなんです」

春菜の実家の『舟戸屋(ふなどや)』をはじめあちこちの温泉旅館でもいっせいに山菜料理を食膳に供する。春菜もお客さんのおこぼれで、この時期は日々、山菜を食べて育った。

「ね、まずはこれとこれにしましょ」

メニューのヨシナのおひたしとコゴミのごま和えを指さした。

「細川にまかせるよ。俺はあんまり詳しくない」

康長は苦笑いした。

「了解です」

「でも、酒は俺が選ぶぞ。《黒龍》の純米吟醸。これをもらおう」

「あ、福井のお酒ですね」

春菜も大賛成だった。

以前、飲んだときとても美味しかった記憶がある。

鶯色の作務衣を着た五〇代くらいの女性にオーダーすると、程なく酒と山菜がやってきた。

「お疲れさまです」

春菜は陶製の酒器に入った冷酒を康長のぐい飲みに注いだ。

「ああ、ヲタクと会うのはやっぱり疲れるな」

「今日は引っ張り回されましたしね」

「だけど、収穫はあった。助かるよ」

やはりいい酒だった。

華やかな香りの向こうから甘い果実にも似た香りが現れる。

えぐみがまったくないので、いくらでも飲めそうだった。

ヨシナはクセがなくシャキシャキッとした歯ごたえとトロッとした食感が楽しい。ウワバミソウとも呼ばれる。

うまみたっぷりのコゴミは、わずかな苦みが甘いごま和えにするとよく合う。

春菜としてはシダ類で一番美味しいと信じている。

「ヒメタケの焼いたの頼んでいいですか」

故郷ではススタケと呼ぶ。千島笹の若竹だ。

「いいね。天ぷらも食べたいよ」

康長は相好を崩した。

皮ごと焼いたヒメタケはジューシーで甘かった。

ハフハフ言いながら食べる楽しさといったらなかった。

さくっとした揚げたての衣の歯ごたえを楽しみ、抹茶塩で食べる天ぷらのヒメタケも大いに悪くない。

その後もコシアブラとシメジの炒め物やキノシタと鮭の煮物など、楽しいメニューが続々と出てきた。

春菜の全身の疲れは酒とともにきれいに消えていった。

康長と一杯やるこんな時間はなによりも楽しい。

「みんな美味しいからすごく楽しい」

酒と料理が進むに従って春菜のはしゃぎメーターも上がってきた。

人の後ろ暗い部分とつきあわねばならない仕事だからこそ、こうして時おりエネルギー充電することは大切なんだと春菜は痛感していた。

3

翌日の午後七時、春菜と康長は相鉄線のさがみ野駅にいた。

捜査協力員の相馬利夫との待ち合わせだった。二六歳の横浜市職員でこの街に住んでいるという。

さがみ野は自宅のある瀬谷駅が近いために、春菜としてはちょっとありがたい待ち合わせ場所だった。

さっぱりとした改札口には家路を急ぐ人々でけっこう賑わっていた。

いまのところ、園田海未に関連するような人物を内田は捜し当てていなかった。

七時を五分くらい過ぎた頃、ショートレイヤーに黒いスーツ姿の男が近づいて来た。

「もしかして細川さんですかぁ」

はつらつとした声で男は訊いてきた。

ファッションなどを伝えてあるので、わかったのだろう。

「はい、刑事部の細川です」

「相馬です。うわぁ、かわいい人だなぁ。県警にこんな方がいるんですね」

調子よく相馬は名乗った。

いままで会ってきた捜査協力員のなかでも、相馬は際だって快活な雰囲気を持っている。

細めの顔に目も細い。鼻筋が通っていてまずまずのイケメンだ。

だが、妙に浮ついた雰囲気が気になる。

「同じく本部の浅野だ」

ちょっと後ろに立っていた康長があいさつした。

「あ、上司の方もいらっしゃったんですか」

相馬はびっくりしたように肩をすくめた。

「さっきからここに立っていたよ」

「どうも、相馬です。よろしくお願いします」

緊張した面持ちで相馬は身体を折った。

康長は笑いをかみ殺している。

「どこかでお話を伺いたいんですが」

春菜の言葉に、相馬は駅の外を指差した。

「とりあえず、そこのローゼンのハンバーガーショップでどうですか」

三人は階段を下りた駅前広場にあるスーパーの一階に位置するチェーン系のハンバーガー

ショップに入った。

三人ともドリンクだけをオーダーして席に着いた。

名刺を交換すると、相馬は横浜市役所の総務部地域振興課という部署に勤めているらしい。

「うちのすぐご近所さんですよね。馬車道が最寄り駅ですし」

春菜たちの名刺を見た相馬が身を乗り出した。

「相馬さんは本庁舎に通っているのですね」

「そうなんですよ。お近くなのでこれからもよろしくです」

至って調子よく相馬は言った。

「お電話でも言いましたが、聖地巡礼について、詳しくご存じの相馬さんにお話を伺いたいのです」

さっそく春菜は切り出した。

「詳しいかどうかはよくわかりませんけど、聖地巡礼はかなりやってますよ」

相馬は自信たっぷりに言った。

弁舌もハキハキと明るいし、相馬には期待できるかもしれない。

春菜は捜査協力員に関する注意事項を説明した。

「そのあたりは僕も公務員ですので、ご心配頂かなくても大丈夫ですよ」

地方公務員なのだから、守秘義務などは周知のはずだ。

「よろしくお願いします。ところで相馬さんはどんな聖地巡礼をなさっているのですか」

春菜はゆっくりと尋ねた。

「基本的にはアニメツーリズム協会が定める『訪れてみたい日本のアニメ聖地88』を潰そうと思っています」

相馬はちょっと得意そうに言った。

「つまり八八箇所の聖地をまわっているのですね」

「八八箇所はお遍路さんの巡礼からとったものでしょうが、実際にはもっとありますよ。年々新しい聖地が追加されていて一〇〇箇所はかるく超えています。昨秋に発表された二〇二〇年版では一一一箇所です。ほかに二四施設とふたつのイベントが入っています」

「施設やイベントなども入っているんですね」

この話は葛西はしていなかった。

「たとえば石巻市の石ノ森萬画館ですとか、世田谷区の長谷川町子美術館、静岡市のちびまる子ちゃんランドなどが選ばれた施設です。また、イベントとしては名古屋市の世界コスプレサミットと徳島市の《マチ★アソビ》がこれにあたります」

「どのようなかたちで聖地は選定されるのですか？」

「毎年、ウェブ投票を行い、その結果がベースとなっています。その結果をもとに作品や施設などの権利者や地方自治体との協議を行ってアニメツーリズム協会の理事会が選定します」

「投票がベースなのですね」

「ええ、ちょっと主催者側の発表資料を見てみましょう」

相馬はスマホを取り出してタップした。

「この聖地の選定にはウェブ投票の結果がベースとなっていますが、投票比率は二〇一八年版では国内が四〇パーセントで海外が六〇パーセント、二〇一九年版では国内二五パーセントで海外が七五パーセントです。二〇二〇年版の場合には国内三七パーセントで海外が六三パーセントといずれも海外からの投票が多くなっています」

「意外ですね！」

春菜は驚きを隠せなかった。

「海外投票者数としては中国、香港、台湾、アメリカ合衆国、タイ、シンガポール、マレーシア、マカオ、イギリス、カナダの順になっています」

「やはりアジアが中心なのですね」

「ええ、欧州ではドイツが一四位、フランスが一七位、イタリアが一九位、スペインが二〇位となっています。投票者が実際に訪れた、あるいは訪れたい土地を選んだという傾向が強く出ているのかもしれません。それゆえアジア圏が強いのでしょう。ちなみに、実際に行ってみた比率では日本が八八パーセント、中国が五九パーセント、香港が五六パーセント、台湾が五三パーセント、タイが六三パーセントといずれも過半数となっています。アメリカは三七パーセントが投票した聖地を実際に訪れています」

相馬は画面から目を離し、春菜を見て言った。

「アニメ聖地というのが、そんなに外国人観光客誘致に役に立っているとは思わなかったなぁ」

康長はうなり声を上げた。

春菜も聖地がワールドワイドなものだとは思ってもいなかった。

「まぁ、アニメツーリズム協会は聖地をつなぐ観光ルートを官民連携の体制で作り上げることなどを目的として結成された一般社団法人です。聖地選定にも観光客誘致やインバウンドへの指向が中心となることはやむを得ないでしょう。ただ、それまで個々のファンの趣味で聖地と称されてきたアニメの舞台に認証を与え、国内、海外の多くのアニメファンに聖地の存在を訴求している点では大きく評価できるでしょうね」

したり顔で相馬は続けた。

「ちなみに僕は施設にはあまり興味がありません。やはり実際にアニメで描かれた景色をこの目で見たいという気持ちがありますので」

春菜は布施の熱のこもった姿を思い出した。

「本来の聖地はそういうものですよね」

「はい、やはりアニメの場面と比べることにそのおもしろさがありますからね」

相馬は大きくうなずいた。

「では、ずいぶんあちこちの聖地をまわられたのですか」

春菜の問いに相馬はちょっと難しげな顔になった。

「北は北海道から南は沖縄の八重山諸島まで全国各地に散らばっているので、それほどまわれてはいません。でも、北なら『薄桜鬼 真改』と『ラブライブ!サンシャイン!!』のふたつの聖地になっている函館市や、南なら『秒速5センチメートル』や『ROBOTICS;NOTES』のふたつの聖地になっている種子島などには足を運びました。それよりも効率がいいのはダントツの都内や第二位の神奈川県ですね」

「都内や神奈川はやっぱり多いんですね」

「二〇二〇年版の場合ですと、都内で二七箇所、神奈川が一〇箇所あります。三位は埼玉県の八箇所です。この三つの自治体だけでも四五箇所で全体の三分の一を超えます」

「神奈川ではどんなところに行ったのですか？」

「すべて潰しましたよ。『文豪ストレイドッグス』の横浜市はもちろん、『ＴＡＲＩ　ＴＡＲＩ』や『青春ブタ野郎はバニーガール先輩の夢を見ない』『つり球』『刀使ノ巫女』『Just Because!』の藤沢市、『艦隊これくしょん -艦これ-』と『ハイスクール・フリート』の横須賀市。『エヴァンゲリオン』と『弱虫ペダル』の箱根町です。藤沢市などは五箇所で市区町村としては全国でもナンバーワンですからね」

相馬は得意そうに鼻をうごめかした。

「えっ、そうなんですか」

これまた意外だった。一位は新宿区や渋谷区、港区あたりだと思っていた。

「まぁ、湘南地方は絵になる場所が多いのでしょう。ちなみに二位は千代田区と台東区が四箇所ずつでタイです」

「巡礼した場所のアニメはぜんぶ見ているんですか」

春菜の問いに相馬は照れ笑いを浮かべた。

「いや、長いシリーズも多いので、ぜんぶを見ているわけではありません。さすがに時間が足りないです。でも、聖地巡礼に行く場所が出てくるシーンはサブスクやブルーレイなどでほとんどは見ています」

「では、『ラブライブ！』はどうですか？」

春菜は話を本題に近づけていった。

「どうしてまた、『ラブライブ！』なんですか」

不思議そうに相馬は尋ねた。

「うちで捜査している事件が『ラブライブ！』関連なんです」

簡単に春菜は説明した。

「なるほど……『ラブライブ！』は第一期と第二期は見ました。Netflixでも見られますからね」

「聖地巡礼はしていますか」

「ええ、聖地88の千代田区に入っていますので、神田明神や秋葉原は訪ねました」

「国府津海岸や根府川駅は行ってませんか？」

春菜は畳みかけるように訊いた。

「ああ、二期の最後のほうで出てきますね。聖地としては有名なのかな。でも、聖地88にはカウントされていませんので行ってません」

相馬は素っ気なく答えたが、春菜は重ねて尋ねた。

「あの回もご覧になったんですね」

「ええ、二回は見てますよ」

「ちょっと飛躍する質問かもしれませんが、相馬さんなら夜間に国府津海岸に聖地巡礼しますか」

「はぁ……意味がわからないです。だってあの場所に夜に行ってもほとんどなんにも見えないでしょうから。写真も撮れないでしょうしね」

けげんな顔で相馬は答えた。

「やはりそうですよね」

「まず、あの名場面と同じように夕方に行きますね」

きっぱりと相馬は言い切った。

「もうひとつ。聖地で殺人が起きた理由は考えつきますか」

「とくに『ラブライブ！』に思い入れはありませんが、理解しにくいですね。アニメファンがわざわざ聖地を選ぶとしたら、なにかよっぽど特殊な事情があるんでしょうね」

「そう思われますか」

「僕は聖地88を巡礼することを趣味としているわけですから、ある特定のアニメ推しに比べれば個別の作品への思い入れは少ないと思います。けれど、そんな僕でも聖地を汚されるというのは我慢できません。後からその聖地を訪ねるファンの気持ちを考えると、許されない行動だと思います」

相馬は言葉に力を込めた。

「ところで、相馬さんはおひとりで各地の聖地巡礼をされるんですか」

「遠方はひとりで行きますね。ですが、メインの東京、神奈川、埼玉は巡礼友だちと一緒に行くほうが多いです」

「よろしければ、どんなお友だちか教えてくれませんか」

「ネットの聖地巡礼コミュニティで知り合う人が多いですね」

さらりと相馬は言った。

「そんなコミュニティがやっぱりあるんですね」

春菜は身を乗り出した。求めていた方向に話が進みそうだ。

「はい、アニメそのもののコミュニティは多々ありますが、聖地巡礼のコミュニティもありますよ」

のんきな調子で相馬は言った。

「聖地88のコミュニティサイトはわたしも見ましたが、これといった情報が得られなくて」

「作品によっては個別にコミュニティサイトが作られている場合もありますよ。フェイスブックだったりラインのチャットグループだったりバラバラですが……」

「『ラブライブ！』聖地のコミュニティサイトはどうですか」

春菜はゆっくりと訊いた。

「入ったことありますよ」

やった！　たどり着けた。春菜は小躍りしそうになるのを抑えて訊いた。

「わたしが検索かけても見つかりませんでした」

春菜だけではなく、捜査本部も調べたとは思うが、見つからなかったようだ。

「あえて検索エンジンからページへのクロールをブロックしたり、index の登録を避けたりしているコミュニティも多いと思います。アニメ番組そのもののコミュニティから参加者をピックしているような場合が多いのかもしれません」

「どういうことですか」

「気に入った人だけにメッセージを送って誘うのです。運営している人があまり変な人が入ってこないように気をつけているのですね。ネットコミュニティは、とにかく『荒らし』に苦労することも多いですから。みんなで和気あいあいと積み上げてきたものがひとりの心ない人によって台無しになることも珍しくはないですからね。内輪から広げていきたいと考える運営者……つまり聖地ファンのひとりですが、その人が慎重な場合が多いのでしょう」

「相馬さんはどうやって、そのコミュニティを知ったのですか」

「僕はリアルで知り合いの参加者から直接ＵＲＬを聞いてログインしてますね。ほかのアニメの聖地に一緒に行った女子の友人です」

「そのＵＲＬ教えてもらえませんか」

胸の鼓動を覚えながら春菜は訊いた。

「ちょっと待ってくださいね」

相馬はスマホを操作して画面をタップした。

「これです」

どんなプラットフォームかわからないが、青っぽい背景のチャットルームが表示されていた。

「初めて見ます」

「いま細川さんの名刺のメアドにＵＲＬ送りますね」

相馬はテーブルの名刺を見ながらアドレスを送信した。

すぐにメールが着信した。

「ありがとうございます、助かります」

弾むこころで春菜は礼を言った。なにも出てこないかもしれない。だが、新たな手がかりであることは間違いない。

春菜が顔を見ると、康長はちいさく首を横に振った。

「お時間を頂き、ありがとうございました。おかげで有力な情報を得られました」

ていねいに春菜はお礼を言った。相馬と会った時間は無駄ではなかったと思っていた。

「いえ。たいしたことはお話しできませんでしたが……細川さんも今度一緒に聖地巡礼しませんか」

「はぁ……わたしですか」

とてもではないが、そんな優雅な時間はとれそうにない。

「若い女性も多くて楽しいですよ。もちろん、若い男もいます。出会いの機会もあるんで、ぜひ」

しつこく相馬は誘ってきた。

「相馬さんも聖地巡礼でお相手を見つけたんですか」

春菜はちょっとからかってみた。

「いやいや、僕には彼女はいません。次の聖地巡礼で見つかるかなぁ」

照れたように相馬は言葉を続けた。

「今度そんなツアーを企画したら、お誘いのメールお送りしますね」

「うーん、考えておきます」

春菜は婉曲に断った。

「なんなら俺にも送ってくれよ」

ニヤニヤしながら康長は言った。

「え、ええ……そうですね」

相馬はありありととまどいの表情を浮かべた。

「俺も若い女性たちと聖地巡礼してみたいからなぁ」

康長は相馬をからかっている。

「わかりました。お誘いするときにはおふたり同時にメールします」

困ったように相馬は言った。

「では、わたしたちはこれで失礼します」

春菜と康長は一礼して店の外へ出た。

「なんだかチャラい男だったな」

横浜行きの相鉄線のなかで康長が言った。

「でも、チャットルームを教えてもらえましたよ」

「うん、それは有力な情報だ」

「わたし、帰ってひと息ついたら、さっそくそのチャットルームに入ってみようと思います」

「まかせていいか？」

「ええ、真っ先にやります」

春菜は早くチャットルームをのぞいてみたくてウズウズしていた。

「俺、これからもう一度本部に戻ってやらなきゃなんないことがあるんだ」

「え、大変ですね」

「そう。根府川の件を文書でまとめて上に出す」

「よろしくお願いします」

一〇分足らずで瀬谷に着いた。

春菜は何か見つかったら連絡すると告げて電車を降りた。

第三章　悲しみのアプローチ

1

春菜は昨夜に引き続き、ノートPCの画面を見続けていて、両目は乾きがち、肩はゴリゴリになっていた。

「うう……肩凝る……」

相馬利夫から教えてもらった、ツィンクル・コミュニティの『ラブライブ!』聖地チャットルームは、システムに対してメールを送って返信メールに記されたURLをクリックして現れたフォームにハンドルネームと自分で決めたパスワードを入力すれば登録できる方式だった。

メアドは携帯メールでもOKなのでスマホの利用者も多いだろう。

春菜は一連の手続きを終えると、さっそくチャットルームの閲覧を始めた。

驚くほどの参加人数ではなかった。はっきり数えたわけではないが、おおむね七〇人程度だろうか。続篇の『ラブライブ!サンシャイン!!』については別のチャットルームが開かれていた。

おもなチャットは『ラブライブ!』の聖地に関する情報交換だった。この時季は花が咲いているとか、土日は混んでいるだとか、聖地巡礼に役に立ちそうな投稿とそれに対するリプライが占めていた。なかには相馬が言っていたように一緒に聖地巡礼にいくメンバーを募るような投稿も散見された。

他愛もない情報も膨大な量をチェックするのはなかなか大変な作業である。それでも、過去ログは一年しか遡れないので、作業量には上限があった。

春菜は目薬を差すと、肩をぐるぐると回して伸びをした。

専門捜査支援班の島はがらんとしていて、赤松班長が書類に見入っているだけだった。大友も、葛西も、尼子もそれぞれに出張しているのだ。こうした光景は珍しくはない。

マウスをスクロールしながらスピードを上げて投稿をチェックしていた春菜の目がある一行に釘付けになった。

――あの浜辺で失われた生命……あの日からわたしはここにはいない。

「これって……」

春菜は思わず声を上げた。

「どうかしたか」

赤松班長がちらと顔を上げて春菜を見た。

「いえ……すみません」

春菜が詫びると、赤松班長は関心を失ったように書類に視線を戻した。

問題の投稿は「みじゅ」というハンドルを使っているアカウントによるものだった。さらに「みじゅ」の投稿を捜すとほかに四件が見つかった。

――夕焼けのなかの時間はわたしのこころで生きています。

――どうしてわたしはこんなに苦しいのか。

――許せない。許せるはずがない。

──あの浜に立って、波の音を聞いてたら、海に飛び込みたくなった。

断定はできない。だが、ここは『ラブライブ！』の聖地巡礼チャットルームだ。みじゅの投稿で出てくる浜辺、夕焼け、浜などが国府津海岸を指している可能性はきわめて高い。

昨年の五月八日に始まり、不規則に投稿されている。最後の日付は今年の五月五日。つまり、国府津海岸事件で殺害された堀内久司の命日ということになる。

この五件が堀内久司を悼んでいる投稿と考えてもまったく不思議はない。

この五件についてはほとんどリプライが付いていなかった。見かけた二、三件はたんなる揶揄（やゆ）のリプだった。

春菜はとりあえず康長に電話することにした。

なんとなく赤松班長に聞かれたくなかった。いろいろと質問されるのが面倒だったのだ。

春菜は自販機コーナーに行って私物のスマホを取り出すと康長の番号をタップした。

「はい、浅野」

康長はすぐに出た。

「実は相馬さんから教えて頂いたチャットルームの投稿をチェックしていたのですが、国府津海岸の第一事件と関係がありそうな五件の投稿を見つけました」

「本当か！」

「断定できる話じゃないんですけど……」

春菜はみじゅの投稿をひとつひとつ読み上げていった。

「うーん、ほぼ間違いないだろう」

康長はうなりながら答えた。

「やっぱりそう思いますか？」

嬉しくなって春菜の声は弾んだ。

「細川が言った通り、浜辺、夕陽、浜などは国府津海岸のことだろう。俺はあれから詳しく調べたが、国府津海岸の砂浜では二〇〇八年に殺人事件が発生している。さらに二〇一六年に水死事故が起きている。だから、断言はできない。だが、文章等からそのみじゅという人物が堀内久司さんの友人や知人である可能性は低くはないと思う。俺の勘ではまず恋人だろう」

康長の声にも張りがある。

「でも、国府津海岸事件の鑑取りでは、そういった人物は浮かんできていないんですよね」

「恋人とか交際相手ってのは、場合によっては浮かんでこないことが多いんだよ。ひそかにつきあってるケースは少なくないからな」

「わたし、みじゅさんと直接お話がしてみたいんです」

「そうだな。この投稿がなにを意味しているのか、堀内久司のことなのか俺も知りたい」

「みじゅさんの連絡先などを、チャットルームの運営者から訊き出せないでしょうか」

春菜は期待を込めて訊いた。

「それが難しいんだ。ツィンクルは個人情報の開示に対して非常に慎重な企業だ。令状とらなきゃまず無理だろう。だけど、今回のみじゅさんは第一事件の被疑者じゃない。被害者との関係も明らかではない。また、チャットルームの投稿にも違法性はない。どう論理構成しても、裁判官が令状発付について納得するとは思えない……」

「手段はないのでしょうか」

「呼びかけてみたらどうだ？」

「このチャットルームでですか」

「そうだ。もし、みじゅという人物が、堀内さんの恋人だとしたら、この嘆き、悲しみ、怒りは本物だろう。そうだとすれば、細川の呼びかけに反応する可能性は少なくないだろう」

「たとえば、こんな呼びかけでしょうか。『あなたのお役に立ちたいです。あなたが苦しんでいることについてお話を聞かせてくれませんか』とか」

「そんな感じだろう。若い人だとメールが苦手なおそれもあるから、県警総合相談受付フォームのURLを載せればいい。返事を投稿してくれるかもしれない」

康長はさらりと言った。

「わたしが警察官だと言ってしまってよいのでしょうか。怖がってしまうのではないでしょうか」

発信者が警察では、みじゅは引いてしまうのではないだろうか。

「どこの何者かわからなければ、みじゅさんもかえって警戒するはずだ。いまの時代、そういった悩みを抱えた人間に対して、親切ごかしに近づいて犯罪に巻き込んだり、宗教やネットビジネスの勧誘を行ったりする人間も多いからな。それに、みじゅさんが本気で怒りを抱いているのなら、我々警察に相談しようと思うかもしれない」

「みじゅさんは小田原署などには訴えなかったんでしょうか」

「警察に相談するのは、ハードルが高いと感じる市民も多いからな」

「じゃあ警察に悪感情を抱いてはいないんですね」

「県警は捜査本部を立ち上げて七〇人態勢で捜査したんだ。犯人を検挙できていない不満はあるかもしれないが、悪感情を持っているとまでは言えないだろう。繰り返しになるが、本気なら返事をくれるはずだ」

「わかりました。警察官だと名乗ります」

「本名は出すな。たとえば『県警本部相談担当はるな』とかどうだろうか」

「それでいきます」

「県警相談フォームを使えば、おかしな投稿はまずないだろう。警察に対してイタズラをする度胸のあるヤツは少ない。それから投稿者のIPアドレスは記録される。個人は特定できないが、同じ投稿者なのか、ほかの者なのかは判別できる」

「たぶん、なりすましはわかるような気がします」

なんとなく自信があった。

「そうだな、真剣さは文面に出るものだ」

「では、さっそくチャットルームに投稿してみます」

「県警相談フォームの担当は総務部広報県民課だ。捜一から県民課の担当者にみじゅという人物からの投稿があったら、すぐに細川に転送するように依頼しておく。細川のところにメッセージが届いたら連絡してくれ」

「わかりました。すぐにメール入れます」

「ところで、あと一歩という感じなんだ。根府川の件」

「殺人事件として取り扱われそうなんですか」

「上はまだ渋っているけどな。頑張るよ。俺は葛西説を信じてるからな」

「頑張ってください。いろいろありがとうございました」

春菜は礼を言って電話を切ると、自席に戻った。

赤松班長は変わらずに眉間にしわを寄せて書類を読んでいた。

ＰＣに向かった春菜は、『ラブライブ！』聖地チャットルームに入り直した。


——みじゅさんへ　あなたのお役に立ちたいです。あなたが苦しんでいることについてお話を聞かせてくれませんか。県警本部相談担当はるな

さっき康長に提案した文言のままに書いて、県警相談フォームのＵＲＬを付記した。

（うーん、でも県警フォームは投稿しにくいよなぁ）

悩んだ末に、春菜は自分のセカンドメールアドレスも添えた。いたずらメールがわんさか来るかもしれないし、メールアドレス検索ロボットに拾われて迷惑メールの嵐になるかもしれない。だが、そのときはそのときだ。

春菜はゆっくりと送信ボタンを押した。

あとは、ただひたすら待つしかない。

こころを切り替えて春菜は通常業務に戻った。

みじゅに期待しているので、チャットルームの確認からは離れた。

今日は珍しく大友から依頼された資料整理に従事する仕事が残っていた。

専門捜査支援班は警察組織のなかにあって、実に不思議な部署である。簡単に言うとひとりひとりが独立した職務をこなしているので、上意下達という基本原則から遠く離れている。

いまも赤松は春菜がどんな仕事をしているのか具体的には把握していない。

だから、班のメンバーたちは自己責任で仕事をこなしていると言っていい。

ただ、ぼんやりしていると刑事部各部署から罵声が飛ぶ。「まだ答えは出ないのか」「いつまで待たせるんだ」というような厳しいお叱りを受ける。

不規則にやってくる照会依頼を大急ぎでこなすことになる。

下命によって動かない日々に最初は慣れなかった春菜だが、近頃はやっと少しだけなじんできた。

定刻になっても、むろんみじゅから反応があるわけではなかった。広報県民課からも連絡はなかった。

春菜は今回の事件のことを振り返りながら県警本部から潮風と新緑の薫る馬車道駅への道をゆっくりと歩いた。

瀬谷のアパートに帰った春菜はシャワーを浴び、数日前に作って冷凍しておいたカレーをあたためて食べた。

命令なしに仕事をすることには少しだけ慣れてきた春菜だが、退勤後のゆとりある時間の使い方には悩むばかりだ。

緊急出動も夜間勤務もなく、自分だけが独占できる時間。ずっと夢見ていたのに、現実に手に入れると何をしていいかわからないのである。

康長から声を掛けられて、捜査協力員と会っている時間に、春菜はだんだんとなじんできた。しかし、捜査一課からの協力依頼は例外的なもののはずだ。

いつまで専門捜査支援班にいられるかはわからないが、さすがにこれではまずい。

ベッドの上に寝転がってつらつら考えているとスマホの着信アラームが鳴った。プリインストールされているこのメロディは、いつものメアドのものではない。セカンドアドレスに設定したポップなメロディだ。

（みじゅさんか……）

春菜の心に緊張が走った。

スマホのメールアプリを起ち上げる。

——はるなさま。はじめまして。チャットにみじゅのHNで投稿していた者です。国府津海岸で堀内くんの生命を奪った犯人を捕まえてください。どうかお願いします。

心配してくださってありがとうございます。国府津海岸で堀内くんの生命を奪った犯人を捕まえてください。どうかお願いします。

この文体を見て、春菜にはいたずらとは思えなかった。さっそく返信することにした。

——みじゅさん。はじめまして。神奈川県警のはるなです。メールありがとうございます。

——お返事ありがとうございます。はるなさんって女の人ですよね？

——はい、二八歳です。

——思ってたより若いんだ。わたしの投稿信じてくれるんですね。

——そうなんです。みじゅさんが去年の五月の国府津海岸の事件で大切な人を失って苦しんでいらっしゃるのではないかと思ってあんな投稿をしました。わたしはあの事件を追いかけています。もし差し支えなかったら、あなたが知っていることを教えて頂けませんか。

――犯人のことはなにも知りません。だから役に立てないと思います。反対にはるなさんから事件のことを聞けないかなと思ってメールしました。

――みじゅさんが知っていることならなんでもいいのです。

――もしかして会ってくれますか？　お尋ねしたいこととお話ししたいことがあります。

春菜の胸は高鳴った。直接会えたら、きっと有益な話を聞ける。

――すごく嬉しいです。いつ、どこで待ち合わせましょうか。

――急なんだけど、明日は仕事がお休みなんです。ランチとかダメですか。

明日は急がなければいけない仕事は入っていない。

春菜は本当は康長にも同行してもらいたかった。みじゅがどんな人物かわからないし、自分ひとりでは聞き落とすこともあるかもしれない。だが、いかつい康長を連れて行けば、みじゅが警戒するかもしれない。
瞬時の判断で春菜はひとりで行くことを決意していた。

――大丈夫です。どこへ行けばいいかしら。

――わたし平塚に住んでるんです。平塚でもいいですか。

――いいですよ。平塚駅で待ち合わせしましょ。

――改札ふたつあります。駅ビルのあるほうの大きい改札口で一二時でどうですか。

――OKです！　じゃあ、平塚駅の大きいほうの改札で一二時に。わたしブラックスーツ着ていて、髪は染めてなくて、おかっぱっぽいショートです。黒いデイパック背負ってます。わからなかったら、このメアドに連絡くださいね。

——はい、よろしくお願いします。

メールのやりとりは終了した。みじゅと会う約束ができたことを、康長に伝えなければならない。春菜はスマホで康長の番号を表示してタップした。

「浅野さん、こんばんは。とつぜん電話しちゃってすみません」

「おお、細川か。どうした」

康長は機嫌のよい声で出た。

「みじゅさんと連絡が取れたんです」

「そうかっ。フォームに返信くれたか」

康長が身を乗り出すところが見えるような気がした。

「いえ、自分のプライベートなセカンドアドレスも載せたら、そっちにメールくれて」

「よかった。だけど、そのメアド荒らされるかもしれないぞ」

心配そうな声で康長は言った。

「いいんです、いざとなったら捨てますから。それより明日の一二時に平塚でみじゅさんと会う約束をしました」

「本当か。よくやった。一二時だな」

康長の声は弾んだ。

「それが……わたしひとりで会おうと思っているんです。みじゅさんもそれでＯＫくれたんだと思います」

「俺は邪魔者か」

冗談めかして康長はすねた。

「ごめんなさい」

「だけど、メール送ってきたのはどんな人間かわからないじゃないか。俺が一緒のほうが安心だ」

「たぶん若い女性です。本物だと思います。今回は女子同士のほうがいいと思います」

「だけどなぁ」

康長の声は相変わらず心配そうだ。

「大丈夫ですよ。わたしだって警察官です」

春菜はきっぱりと言い切った。

「はは、そうだな。細川の秘密技は箱根で見せてもらったからな」

「えへへ……なにか情報が得られたら連絡します」

「頼んだぞ。何時でもいいから電話くれ」

「了解です」

春菜は電話を切った。

明日への期待が春菜の胸でふくらんだ。

春菜はなんとなく気分がよくなって、ＢＧＭを掛けてビールの缶を開けた。

2

平塚は乗降客の多い駅だった。東京方面からの下り電車が着くと、たくさんの人が乗り降りした。

大きいほうの東口はすぐにわかった。

改札を出てあたりをキョロキョロ見まわす。お昼とあって待ち合わせをしているような人は多くはなかった。

やはり緊張感はあった。雲を突くような熊男が現れる可能性だってないとは言えない。

ひとりの小柄な若い女性が歩み寄ってきた。

「あの……はるなさんですか？」

若い。まだ、二二、三ではないだろうか。丸顔で両目は大きくやさしい感じの女性だ。薄いオレンジのチュニックとスキニーなデニムのコーデが似合っている。

「はい、みじゅさんですね」

正直言ってほっとした。熊男でもないし、彼女は本物に違いない。

「そうです。わざわざ平塚まで来てくださってありがとうございます」

みじゅは頭を下げた。

「こちらこそ時間とってくださってありがとうございます」

春菜は親しみをこめて頭を下げた。

「あの、ランチ、駅ビルのなかのレストランでもいいですか」

「あ、わたしはどこでもいいですよ」

「じゃあ、こっちです」

みじゅが先に立って、春菜はコンコースに隣接する駅ビルに入った。

彼女が案内してくれた五階のレストラン街には、中華料理、とんかつ、そば、回転寿司などいろいろな飲食店が並んでいた。

「どこでもいいですよ。みじゅさんが食べたいもので」

「はい、じゃあここでいいですか」

みじゅが選んだのは、ステーキやハンバーグ、オムライスなどがあるカジュアルなレストランだった。

ウッディな雰囲気の店内は明るく、そこそこ混み始めていた。

ふたりはオムライスとサラダバー、ドリンクバーを頼んだ。

「あらためてはじめまして。わたしは神奈川県警刑事部の細川春菜と言います」

春菜は名刺を渡した。

「え、刑事さんなんですか」

名刺を覗き込んだみじゅは驚いたような声を上げた。

「ちょっと違うんですけど、まぁ、刑事の仲間みたいなもんですね」

「やさしそうだから、やっぱり刑事さんじゃないですよね」

「あはは、意外ときついところもあるんですよ」

「わたしも名乗らなきゃ。名刺持ってないけど……高見樹里（たかみじゅり）です」

「あ、それでみじゅさんなんですね」

単純に姓名の一部を抜き出したものだったのだ。

「すみません。変なハンドルネームで」

「かわいいじゃないですか。高見さん、どうぞよろしく」

春菜はにこやかに頭を下げた。

「樹里って呼んでください。それから、タメ口でお願いします」

「じゃあわたしのことも春菜って呼んで」

「わかりました。春菜さん、二八歳って言ってましたよね。すごく若いです。わたしと変わらないくらいに見えます」

「そうなの……いつもそれでバカにされるのよ」

春菜はちいさく笑った。

「若く見られるほうがいいと思うけど。わたし、二三歳で歯科助手してます」

「歯医者さんにお勤めなのね」

「はい、二宮の歯科医院です。それで今日はお休みなんです」

「せっかくのお休みなのに時間とってもらって悪いね」

「いいえ、会いたいってお願いしたの、わたしですから」

「それを聞いて安心した。ドリンクとサラダ取って来ようか」

ふたりは席を離れてドリンクやサラダを取ってきた。

オーダーしたオムライスがやってきた。卵がふんわりとしていてなかなか美味しかった。チキンライスの濃い目の味つけも悪くなかった。

「歯医者さんって大変な仕事なんじゃないの」

「ええ。でも、うちの先生やさしいんです。わたしたちは定時でちゃんと帰れるんです。大変なのは衛生士さん。治療が遅れがちになるとやっぱり帰れなくて」

「歯科衛生士になるつもりはないの？」

「学校入り直さなきゃ資格取れないんです。それに収入は安定するけど大変な仕事だから。いまのところ考えてないですね」

オムライスをパクつきながら、他愛もない世間話を続けた。いつの間にか樹里と打ち解けてきたような気がする。

食事を終え、ドリンクバーからコーヒーをとってきたあたりで本題に入ることにした。

「チャットルームに書いてたことについてお尋ねしたいんだけど」

春菜はやわらかく切り出した。

「はい」

樹里は緊張で全身をこわばらせた。

「ごめんね。つらいことを思い出させちゃうけど」

「いえ、お話ししたいんです」

「樹里さんは、堀内さんのお友だちなの？」

「彼でした……」

眉根を寄せて樹里はか細い声で言った。

「そうだったのね」

予想はしていたが、事実と知ると春菜はいたたまれない気持ちになった。もし、自分が同じ立場になったらと思うと、あまりにもつらすぎる。

わずかな沈黙を経て、樹里が思い切ったように言った。

「わたし、彼と結婚の約束をしてたんです。本当なら、もう一緒に暮らしてたんです」

胸がつぶれそうになって、春菜はしばし答えを返せなかった。

「……そうなの」

春菜の声は大きく震えた。

「今年の三月の終わり頃って話してたんです。そのくらいなら、彼の仕事も一段落するし、準備期間もじゅうぶんあるからって……でも、あの日、すべてが奪われてしまいました。あの日にわたし壊れたんです。わたしの生活も未来もすべて壊れたんです」

樹里の声から抑揚が消えていった。

彼女の言葉はあまりにも痛々しかった。

「つらかったのね」

春菜は心からの思いやりを込めて言った。

「わたし、去年の夏も秋もあんまり覚えてないんです。ずーっとぼーっとしてました。寝ていると、波の音が聞こえたり、彼なのか誰なのかわからないけど、うめき声が聞こえたりして、夜中に飛び起きる日が続いたんです」

輪郭のぼやけた声で樹里は言った。

「誰かに助けを求めなかったの？」

そんなときにひとりでいるのは危険だ。

「七ヶ月くらい心療内科に通ってました。先生は『うつ状態だから、とにかく休みなさい』って。処方されたお薬はきちんと飲んでました」

「お仕事は続けていたの？」

樹里は力なく首を横に振った。

「いえ、彼が亡くなって一ヶ月くらいで一度辞めました。わたしの仕事はあくまで先生の補助ですが、歯科医療の現場は緊張の連続ですから。万が一にもミスできないんで。でも、島根にいる両親には知らせないようにしてました。心配掛けたくなかったんです。短大出てから少しずつ貯金していたお金でひとりきりでなんとか生きてました」

さぞかし孤独な日々だったことだろう。春菜の胸はまたも激しく痛んだ。

「ご両親は、あなたと彼のことは知ってたの？」

「いいえ、まだ、ふたりだけの約束でした。わたしは親に言ってなかったし、会わせてもいなかったんです。もちろん、式場とったりとかしてなかったし……」

「じゃあ、職場の人……歯科医院の先生や同僚の人たちも彼のことや結婚する予定は知らなかったの？」

「ええ、職場には彼のことは言いませんでした。彼は患者さんだったんで言いにくかったんです」

「ああ、患者さんだったのね」

「ええ、彼の治療が終わった後に受付でちょっと話したのがきっかけなんです。それからいろいろ話すようになって。患者さんとつきあったらいけないとかいうルールはないけど、やっぱり話しにくくって。結婚の日取りとか決めた後で伝えようと彼と話してました。だから、退職するときにも理由は話しませんでした。でも、この四月に院長先生から電話が掛かってきてまた働かないかって言ってくださって。わたしもいつまでもこんなことじゃいけないって働くことにしたんです」

「働き始めてよかったね」

「ええ、引きこもりしてたら本当にダメになっちゃうなって思ったんです」

の間の通話記録なり、メッセージの記録を知られたくなかったのだろう。

堀内の鑑取りに捜査本部は相当の人員を割いたはずである。だが、樹里の存在はつかめずにいた。樹里の周囲の誰もが堀内の名を知らないのだから仕方あるまい。

恋人同士が周囲には知られず交際を続けることは珍しくない。

「でも、彼のパソコンにも、わたしとのメールのやりとりは残っているはずですよね」

樹里は意外な顔つきになった。

「え……堀内さんパソコン持ってないでしょ」

捜査本部ではそう認識していた。

「持ってましたよ。一七インチくらいの大きいノートパソコン。だって好きな動画だって大画面で見たいじゃないですか。Netflixとかなら何度でも見られますもん」

「そうだったの！　ネット回線も契約してなかったみたいだけどね」

「スマホのテザリング使ってました。データ量上限なしの契約していたし、携帯の速度ってかなり速いらしいんですよ。とにかく彼のパソコンにはたくさんの個人情報が入っていたと思います」

「パソコンも犯人が盗んだのね」

春菜はうなった。そうだとすると、犯人は堀内のアパートの鍵を持っていた可能性が高い。

堀内の身近な人間に違いない。

「あ、そうだ。わたしの名前は知らないと思うけど……彼の元カノがわたしとつきあったことを知っているかもしれません」

「へぇ、どんな人なの」

「よく知らないんです。彼に訊いても嫌がるんでしつこくは訊きませんでした。ただ、長くつきあってたみたいですけど」

樹里はあいまいな表情で黙った。

元カノのことなど話したくないに決まっている。

春菜なら、つきあった男性が元カノの話などし始めたら、きっとすごく不愉快になるだろう。だが、樹里はあまり気にしていなかったようだ。

「ところで、彼は『ラブライブ！』が好きだったのよね？」

一瞬、樹里の顔が明るくなった。

「はい、そうなんです。実は最初に仲よくなったのは『ラブライブ！』の話からなんです。治療に来た彼がAqours（アクア）の黒T着てたからなんです。あ、この人ラブライバーだなって思って、受付で話しかけたんです。そのとき事務の子が席外してて、わたしが会計したんで……」

「Aqoursってなに？」

「『ラブライブ！サンシャイン!!』に登場する九人の女性スクールアイドルグループです」

「『ラブライブ！』のμ'sみたいなものかな？」

「そうです、そうです。『ラブライブ！』は千代田区の音ノ木坂学院の生徒たちですけど、こっちは沼津市の浦の星女学院の生徒たち九人なんです。ちなみにAqoursってユニット名は読者参加企画で選ばれたんですよ」

樹里は少しだけ元気を取り戻した。

「で、彼がそのTシャツを着てたわけね。女の子の顔が並んだシャツなの？」

「いくらラブライバーだって、そんなの着てたら痛いですよ。はっきり言って引きます。Aqoursのロゴと、メンバー九人を象徴するアイコンを白抜きしてあるシンプルなシャツなんです」

「そんなアイコンがあるの？」

「ええ、たとえば高海千歌は好物のみかん、桜内梨子は特技のピアノ、松浦果南は特技のダイビングを象徴するイルカっていう感じに、九人それぞれのアイコンがあるんです。で、あ、こんなTシャツいいな、わたしも着たいなって思ったから『AqoursのTシャツ素敵ですね』って声かけたら、『君もラブライバーなの？』って答えてくれて……それからしばらくしてつきあうようになったんです」

むかしを懐かしむような顔つきで樹里は言った。

「あなたもラブライバーなのね？」

「ええ、そうです。『ラブライブ！』の第一期からのファンです。あの子たちの学園生活って憧れるじゃないですか」

「ごめん、わたしあんまりよく知らなくて……じゃあ聖地巡礼とかしたのね？」

「はい、彼とつきあうようになってから、ふたりの休みが合う日曜日には神田明神や秋葉原、晴海埠頭、お茶の水、上野なんか、あちこち聖地巡礼をしました」

樹里は口もとに笑みを浮かべた。

堀内との想い出は樹里を苦しめるものであるとともに、その苦しみを癒やすものなのかもしれない。そう春菜は思った。

矛盾するようだが、彼との日々があまりにも楽しかったからこそ絶望的な喪失感が生まれているのだ。

「すごく訊きにくいことだけど……」

春菜は言いよどんだ。

「なんでしょう」

「国府津海岸にも聖地巡礼には行ったのかな」

樹里はこくんとうなずいた。

「行きました。何度も。根府川駅にも行きました。でも、去年の四月二一日の日曜日、国府津海岸はわたしにとって特別な場所となったんです」

「特別な場所に……」

思わず春菜はことばをなぞった。

「夕陽のあの砂浜で、彼は結婚しようと言ってくれたんです……」

樹里の大きな瞳から透明な涙があふれ出た。

「そうだったの……」

「いままで生きてきていちばん幸せな時間でした。この世でいちばん好きな場所でした。五月五日までは……」

急に樹里の表情が変わった。

眉間に深いしわが寄って、目頭がピクピクと震えている。

「許せない。どうしても許せない。わたしは天国から地獄に突き落とされたんです。なんで。なんでなの。なんでわたしたちの幸せが壊されなきゃいけなかったの。わたしがなにか悪いことした？」

樹里は両目を見開き、全身を震わせながら激しく訴えた。

春菜は返事に窮した。

まわりの席からは何気ない談笑が遠く聞こえる。

世の中に樹里のような苦しみを体験した人間は、そうはいるものではない。

樹里のこころの叫び……頭では痛いほどわかる。だが、春菜は肌でわかっているわけではないかもしれない。春菜はこんなにつらい経験をしたことがない。

「あなたはなにも悪くない」

うめくように春菜は答えた。

「春菜さん、彼を殺した人間を捕まえてください。わたしのこころを壊した人間を、どうか罰してください」

顔の前で手を組み合わせて樹里は頭を下げた。両手が震えている。

「わたしにできることはなんでもします」

これだけ答えるのが精いっぱいだった。

「彼だって……未来を信じていたんです。楽しい家庭を作ろうと願ってたんです。彼は行政書士の資格を取ろうとしてました。自分のキャリアアップも目指してたんです。でも、ぜんぶが泡みたいに消えてしまいました。人ってそんな簡単にいなくなってしまっていいものでしょうか」

樹里の頬を涙が流れ落ちて、かたちのよいあごに雫となってたまった。

このまま樹里の手を取って一緒に泣き続けたかった。だが、まだ訊かなければならないことが残っている。自分は警察官なのだ。

「ごめんね。ほかにも訊きたいことがあるの」

「すみません、感情的になっちゃって。なんでも訊いてください」

顔を手でぬぐって、樹里は無理に笑みを浮かべた。

「なぜ、五月五日の夜、堀内さんは国府津海岸になんて行ったのかな」

これは根本的な疑問と言ってよかったが、樹里と一緒でなかった理由もわからなかった。

「わたしも不思議なんです。たしかにあの場所は彼とわたしにとってとても大切な場所です。でも、彼がひとりで夜に行った理由はいまだにわかりません」

「あなたが一緒ならわかるんだけど」

「あの日、わたしは仕事も休みだったんで会いたいって言ったんです。でも、彼は用事があるからって言って。八日の夜には会う約束してたんですけど……」

樹里は思案げな顔になった。

「じゃあ、樹里さんも堀内さんが国府津海岸に行った目的はわからないのね」

「わからないです。夕方ならともかく、夜に行きたいような場所じゃないですから」

「そうだよね。わたしも不思議な気がする。実際に国府津海岸に行ってみたけど、夜に行きたいような場所じゃないよね」

「行くなら、夕方ですよ。あそこも根府川駅も」

「ところで、『ラブライブ！』聖地のチャットルームにメッセージ書いてたから、こうして樹里さんと会えたんだけど、堀内さんもあのチャットルームは使ってたの？」

「ええ、HISAってハンドルで、ふたりで行った聖地なんかの写真をアップしていました」

「でも、もう見られないよね」

「そう……一年しか遡れないんですよね。わたしも保存しとけばよかったって後悔してます」

「反応している人はいたの？」

「ええ、リプもけっこうあったみたいです。投稿した内容について詳しいことを尋ねてくるラブライバーからの質問がほとんどだったと思いますが」

「樹里さんは？」

「その頃はわたしはロム専でした」

堀内を失ってから、樹里は書き込み始めたということか。

「あのチャットルーム内に堀内さんが親しくしていた人っているかな？」

「とくに親しい人って言っても……」

樹里はちょっとの間、考え込んでいた。

「あ、そうだ。ダイダイってハンドルの人とは親しかったかも」

「ダイダイさん。どんな人なの？」

「いえ、実物はわかりません。会ったことないですし……でも、聖地巡礼に熱心なラブライバーだったみたいです。『ラブライブ！サンシャイン!!』の聖地も訪ねてたようですから。年は彼と近かったみたいです。もしかするとリアルで会ってたかもしれないですね。わたしは彼とは一昨年の秋からつきあったんですけど、ダイダイさんとはそれより前から交流があったみたいですから」

春菜の胸は騒いだ。

ダイダイこそ薄田兼人なのではないだろうか。

ここは樹里に薄田の話をしてみるべきだ。

「ところで、この話は絶対にほかの人に言ってほしくないんだけど……」

春菜は念を押した。

「大丈夫です。春菜さんに迷惑掛けるようなことはしません」

樹里は真剣な顔つきでうなずいた。

「実は今年の五月五日の水曜日、連休最終日のことなんだけど、根府川駅を見おろすコテージで薄田さんっていう二九歳の男性が練炭自殺した可能性があるの。その遺書らしきものがね、『あの海岸で犯した罪を償います。根府川駅のベンチの向こうの夕陽の海に飛び立ちます』って書いてあったんだ」

春菜は淡々と事件について話した。

「え？」

樹里は大きく目を見開いて絶句した。

「あの海岸って言葉が国府津海岸を指しているとは限らないけど、堀内さんの事件を指している可能性が高いって、わたしたちは考えている」

「その人が犯人なんですか」

樹里は震え声で訊いた。

「最初はその人が犯人だと思われていた。でも、いまわたしたちは違うと考えているの。犯人が自殺を偽装した可能性が高くなってきたの」

「つまり、薄田という人は殺されたってことですか」

「そう、真犯人が堀内さん殺しの罪を薄田さんになすりつけたとも考えられるのよ」

「どうかその犯人を捕まえてください」

樹里は身を乗り出した。

「頑張るね。でね、樹里さんは薄田さんっていう人を知ってるかな？」

「いいえ、聞いたことがありません」

はっきりと樹里は首を横に振った。

「じゃあ、この人に見覚えないかな？」

春菜はスマホの薄田兼人の写真を見せた。

「初めて見る人です」

樹里は断言した。

それほど期待はしていなかったが、やはりヒットはしなかった。

「ありがとう……すごく失礼な質問するね。これは捜査でも見つからなかったから訊くんだけど……堀内さんを恨んでいるような人はいなかったかな」

樹里は険しい眼に変わって春菜を睨んだ。

「そんな人いるわけありません。彼はすごくいい人でした。人づきあいは苦手なので、親しい友だちは少なかったですが、わたしだけじゃなくて誰に対しても親切でやさしい人でした。彼を恨んでいる人なんていませんっ」

いままでにない強い口調で樹里は言った。

「ごめん、捜査でも彼がいい人だっていうのはわかってたんだ。職場関係も学校時代の友人関係でも彼を恨んでるような人は見つからなかったよ」

なだめるように春菜は言った。

「ああ、よかった。やっぱりそうですよね」

「ええ、捜査上は、堀内さんの悪い噂はひとつもないよ。安心して」

「決まってます。あんないい人いなかったんだから」

樹里は語気を強めて言った。

「ところで最後に訊きたいんだけど『ラブアローシュート』って言葉知ってる？」

念のために春菜は訊いてみた。

「え？『ラブライブ！』のなかではアニメの第一回に出てくる園田海未の名ゼリフですよ」

なんでもないことのように樹里は言った。

「そうなんだってね。この言葉が犯人と関係がありそうなの」

「ええっ、そうなんですか」

樹里はかるくのけぞった。

「どんなキャラなんだっけ？」

「園田海未は、高二の女子で高坂穂乃果と南ことりの幼なじみです。穂乃果がμ'sを結成しようと考えたときにすぐに誘ったひとりなんですよ。日本舞踊の家元の家に育ったので常に敬語で話す落ち着いた子です。でも、勝負事ではいつも一番を目指すような気力も持っています。それから自分にも他人にも厳しく、曲がったことが大嫌いという性格ですね」

いちおう春菜も調べたが、そういうタイプが堀内の周りに存在する可能性もある。

「で、そんな雰囲気の人、知らないかな」

春菜は樹里の目を見つめて訊いた。

「え？　やっぱりわからないです」

樹里は首を横に振った。

「ありがとう。園田海未のキャラ教えてくれて助かったよ」

「いえ、そんなのラブライバーならみんな知ってると思います」

樹里はきょとんとしているが、園田海未は大きな手がかりになると感じていた。いまはまだ、なんの意味を持つかわかってはいないが……。

「ね、つらいことがあったらいつでも連絡して。メールでも電話でもいいから。あ、電話番号教えてくれる？」

「はい、嬉しいです」

樹里が伝えてくれた番号をタップし、春菜は電話を掛けてすぐに切った。

「登録しました。つらいときとかほんとに電話しちゃうかも」

「ぜんぜん大丈夫だよ。いつでも電話ちょうだい」

「ありがとうございます。春菜さんに会えてほんとによかった」

樹里は潤んだ目で春菜を見た。

ふたりは東口の改札で別れた。樹里は駅ビルでショッピングすると言っていた。

何度も振り返っては手を振る姿が愛らしかった。

春菜は本気で少しでも樹里の役に立ちたいと思っていた。

彼女は紛れもなく犯罪被害者なのだ。

樹里と別れた春菜はさっそく、いま聞いた内容を電話で康長に伝えた。

「そうか……かなりの収穫があったな。やっぱり恋人は違うな」

康長の声は明るかった。

「これから本部に戻るんだな？」

「ええ、まっすぐ帰ります」

「帰ったら、顔を出す。捜一に連絡くれ」

「了解です」

春菜が階段を降りると、上り東京方面行き電車がすべり込んできた。

あわてて乗り込むと、発車メロディが鳴り始めドアが閉まった。『たなばたさま』なのには驚いた。

シートに座った春菜の胸に『どうかその犯人を捕まえてください』の言葉が鮮やかに蘇った。

3

本部の専門捜査支援班に戻ると、尼子以外のメンバーは自席に着いていた。

「あらぁ、おかえりなさい。ここのところお忙しそうねぇ」

大友が声を掛けてきた。

ほかのふたりはかるく会釈を送ってきて、すぐに書類に目を落とした。

「浅野さんに頼まれた事案で動いています」

今日の平塚行きはもちろん赤松に許可は取ってある。

「葛西氏もお手伝いしてるんですってね」

「ええ、いろいろご指導頂いてます」

葛西がピクリと眉を動かした。

春菜はスマホを取り出して康長に帰庁したことを告げた。

すぐに康長が顔を出した。

「お疲れ。成果あったな。赤松、ちょっと打ち合わせしたいんだけど、細川連れてくぞ」

「どうぞ、会議室使ってください」

いつもながら赤松班長は康長に対しては妙に愛想がいい。

「わたし会議室とってきますね」

春菜は立ち上がった。

「僕もお邪魔していいですか」

書類から顔を上げた葛西がのんびりとした声で言った。

「そうだな、葛西にはつきあってもらいたいな」

康長の言葉に赤松班長は覆いかぶせるように言った。

「浅野さんのお役に立てるようにな」

「どうも……」

頭を下げて葛西は嬉しそうに言った。

「あらぁ、そのディベート、あたくしも参加したいですねぇ。でも、これから八王子の先生のところに行かなきゃならないんで、残念ですよん」

大友は本気なのかどうなのかニヤニヤ笑っている。

前回の事件の箱根での名推理ぶりは、いまでも鮮やかに春菜の記憶に残っている。

小会議室は都合よく空いていた。

春菜と康長、葛西の三人は、思い思いに椅子に腰掛けた。

「第一事件の被害者、堀内久司さんが結婚を約束していた高見樹里さんに会ってきました……」

春菜は平塚で聞いた話を細大漏らさず、康長と葛西に話した。

ふたりともメモを取りながら聞いていた。

「いくつかポイントがあるな。まずは堀内さんには高見さんという婚約者がいたこと。ふたりの関係は親や職場関係もほとんど知らなかったこと。プロポーズは国府津海岸で為されたこと。同じく『ラブライブ！』のファンであるダイダイという友人がいたこと。元カノがいたこと。愛矢は『ラブライブ！』の登場人物の有名なセリフであること。さらに犯人はスマホだけでなく堀内さんのアパートに忍び込んでパソコンを奪った可能性が高いこと。こんなところかな……」

康長はメモを見ながら言った。

「直接は関係ないかもしれませんが、幼い頃に母親が父親のＤＶ被害に遭っていて、シェルターに入っていた時期があることもポイントかもしれませんね」

春菜が言い添えると、康長はすぐにメモを書き足した。

「さて、これらのポイントから何が想像できますかねぇ」

葛西は楽しそうに言った。

「わたしは頭のなかがゴチャゴチャしています」

春菜は正直に言った。

「まず、ほぼ確実だと思えることがありますよ。ダイダイとは薄田兼人さんを指していると思われるのです」

さらっと葛西は言った。

「どうしてなんですか？」

春菜にはまるでわからなかった。

「薄田兼人というのは、戦国期の武将、薄田隼人正兼相（すすきだはやとのしょうかねすけ）にあやかった名前だと思うのです」

「本当かよ……で、どんな武将なんだ」

葛西は静かにうなずいて言葉を続けた。

「秀吉の馬廻り衆だった武将ですが、勇猛な偉丈夫だったそうです。兼相流柔術や無手流剣術の流祖とされています。史実としては前半生はほとんどわからない人物ですが、講談では

だとすれば、堀内久司さんとは『ラブライブ！』を通じた友人であったということになる。第一事件の被害者につながりがある可能性が出てきた。ただ、ふたりの間の関係を明らかにするデータがなにもない」

「そのデータが堀内久司さんのノートパソコンに残っていたんじゃないんですか」

春菜の言葉に康長がうなずいた。

「これでひとつのことがわかったな」

「犯人は堀内さんのプライベートな関係や、彼がラブライバーであることなどを隠蔽したかったということですね」

春菜は声を弾ませた。

「そうだ。薄田さんに関することが含まれるかはわからないが、とにかく犯人は堀内さんの交友関係に関する情報を隠したかったんだよ。だが、堀内さんの部屋は荒らされておらず、戸口や窓にもこじ開けたようなようすは見られなかった」

春菜の目を見て康長は言った。

「つまり、犯人は堀内さんの部屋の鍵を持っていた親族や友人という可能性が高いですね」

春菜には方法はそれしか考えられなかった。

「その通りだ。しかし、堀内さんの近辺にはいまのところ該当しそうな人間は浮かんできていない」

康長は眉間にしわを寄せた。

「すると、パソコンを持ち去ったのは薄田でしょうかねぇ」

葛西は唇を突き出した。

「しかし、いくら仲がよくても友人に部屋の鍵を貸したりはしないだろう」

「たしかに、僕は親にも誰にも渡してないですね」

康長と葛西の言葉を聞いていて、春菜はふっと思った。

「元カノじゃないですか」

ふたりはいっせいに春菜を見た。

「そうだな。いちばん可能性が高いのは交際していた女性だろう。鍵くらい預かっていても不思議はない」

大きく康長はうなずいた。

「別れたときに、恋人に返させませんかねぇ」

「そりゃ返させただろう。だが、スペアを作っていた可能性はある」

「賃貸住宅では、入居者が変わると貸主が錠を変えるのがふつうですが、その場合は違いますからね」

納得したように葛西は言った。

「錠を変えるのには数万掛かるからな。それに貸主にも連絡する必要があるだろう。渡した鍵を返してもらえば、ふつうはそれきりだろう。別れた恋人がスペアを隠し持っていると考える人間はよほど疑り深い性格だ」

春菜は頭のなかではっきりしてきた考えを口にした。

「あの……犯人が第一現場を国府津海岸に選んだ理由がわかったような気がします」

「現場の話か？」

とつぜん現場の話に話題を変えたので、康長はけげんな顔で春菜を見た。

「嫉妬です。元カノが犯人と考えればわかります。元カノは別れを切り出されて腹を立てたのです。よせばいいのに堀内さんは樹里さんに国府津海岸でプロポーズしたことを元カノに告げたのかもしれません。あるいはほかの手段で知ったのかもしれないですが、とにかく元カノは国府津のプロポーズの一件を知っていた。だから、あの場所で堀内さんを殺したんです。きっとあそこには元カノと堀内さんのよい想い出が残っていたんでしょう。だから、余計に許せなかったんです。なんらかの理由をつけて堀内さんを呼び出して話しているうちに感情を抑えかねて殴った。そしたら、死んでしまった。こんな図式は成り立ちませんか」

考えが薄れないうちにと、春菜は一気に話した。

「大いに考えられる筋読みだ」

康長はあごに手をやってうなった。

「そうだとすると、堀内さんの元カノは、堀内さんから愛矢と呼ばれていたのかもしれませんね」

葛西は弾んだ声で言った。

「あり得るな。ダイアリに書かれていた愛矢という記述は、堀内さんが元カノと会う日だったのかもしれない」

康長はうなずいた。

「でも、やっぱりおかしいですね。堀内さんは、一昨年の秋から樹里さんとつきあっているんです。国府津海岸の事件は昨年の五月じゃないですか」

春菜は口を尖らせたが、康長はニッと笑った。

「細川は純情だな」

「はぁ？」

「二股とは決められないが、別れ話がもつれていつまでも会い続ける男女なんて珍しくもなんともない。高見さんとつきあい始めてからも、堀内さんが元カノと会っていたことは大いに考えられる」

康長の言葉には春菜も反論しようがなかった。

「そうなんですね……」

「昨年五月五日の夜、元カノが堀内さんをあの海岸に呼び出し、別れ話をしていた。そのうちに彼女は感情的になって堀内さんの後頭部を落ちていたコンクリート片かなにかで殴りつけた。堀内さんは階段から落ちたところに昏倒して外傷性急性硬膜下血腫のために、ある程度の時間経過後に絶命した。こんな筋読みでいいだろうな。かなりの確率でこの線だ」

康長は張りのある声で言った。

「すると、第二事件との関わりはどうなるんですかねぇ」

葛西の疑問は春菜も抱いていた。

「ここからは推測だが、薄田さんはなんらかの方法で堀内さんを殺したのが、元カノだと知ってしまった。それで脅しに出たんじゃないのかな。金で解決しようとか言ってね。まぁ、はっきりはしないが、その線が強いと俺は思う」

「口封じですか」

春菜の言葉に康長はうなずいた。

「すると、元カノを特定することが第一ですねぇ」

葛西の言う通りだった。

「少なくとも第一事件についてはきわめて有力な筋だ。違っているなら違っているできちんと潰しとかないとならない。だが、いまのところなにも浮かんできていない」

嘆息するように康長は言った。

「ヒットしないかもしれませんけど……DVシェルターを調べてみてはどうでしょう。特殊な成育環境ですから、なにかしら手がかりがつかめるかもしれません」

シェルターの件は、樹里から聞いたときから気になっていた。

「そうだな。堀内さんは二宮町の出身だから、まずは内田さんに神奈川県の中央児相にあたってもらおう。たぶん令状が必要になるな」

康長の声には力がみなぎっていた。閉塞しきっているふたつの事件にわずかでも光が差してきている。この先に真実が待っていることを春菜も祈った。

康長が捜一に戻った後で、春菜は庁舎内のコンビニに買い物に出かけた。

ちょっと小腹が空いたので、おにぎりと飲み物を買おうと思ったのである。

おにぎりコーナーでタラコとシャケを選んでレジに並んでいると、背後から声を掛けられた。

「細川さん、なに買ったの？」

にこやかに笑って尚美が後ろに並んでいた。

「おにぎりとお茶だよ。喜多さんはサンドイッチか」

尚美のカゴにはハムのサンドイッチと紅茶が入っていた。

「わたしね、おにぎりって苦手なのよ」

尚美はあいまいな笑顔を浮かべた。

珍しい人がいるものだと春菜は驚いた。たしかにコンビニのおにぎりは人によってあまり美味しくないのかもしれない。だが、ふるさとで食べる富山米のおにぎりはなによりの好物だった。

「中身に関係なく？」

「そう、おにぎりにはいい想い出がないんだ」

ちょっとしんみりした声で尚美は答えた。

「へぇ、どんな想い出なの？」

「今度話すね」

「うん、じゃあ今度ね」

会計を済ますと、春菜は手を振って尚美と別れた。

コンビニのおにぎりでは、班の連中も難癖をつけられないだろう。

春菜は内心でほくそ笑んでいた。

第四章　守れなかったもの

1

それから事件の捜査は進展しなかった。

ただひとつダイダイは葛西の予想通りやはり薄田兼人だった。康長は令状を取って、あのチャットルームの設置会社やプロバイダ等にダイダイのＩＰアドレスなどを開示させ、薄田であることを明らかにしたのだ。

いつの間にか六月に入っていて梅雨入り間近だが、今日もよく晴れていた。

実はこの時期に快晴の日が続くことを春菜は知っている。

残念なことに第二の根府川の薄田の死は自殺として片づけられそうだった。

しばらく顔を出さなかった康長が、ふらりと専門捜査支援班の島に現れた。顔を見ると、妙に緊張したような表情を浮かべている。

班のメンバーはたまたま全員がそろっていた。

「お疲れさまです」

春菜が明るく声を掛けると、康長は黙ってあごを引いた。

「赤松、細川をちょっと借りていいか」

「もちろんですとも。お役に立てるなら何時間でも使ってやってください」

愛想よく赤松班長は答えた。

赤松班長はいつも春菜の仕事の都合など確かめようともしない。管理職としての職務を果たしていないような気がするが、まぁ、逆に春菜としては自由に動ける。

「僕もご一緒しましょうか」

葛西が腰を浮かしかけた。

「いや、すまん。今日は細川だけに話したい内容なんだ」

康長は歯切れが悪い口調で言った。

「ああ、いや失礼しました」

あっさりと葛西は引き下がった。

葛西を遠ざけたことが、春菜に悪い予感を与えた。

さっさと先に立って、康長は歩き始めた。

春菜はあわてて後を追った。

ふたりはいつもの小会議室に入った。

「お茶買ってきますね」

「いや、話が先だ」

康長は硬い表情で言った。

腰を浮かした春菜が座り直すと、康長はあたりをはばかるような低い声で切り出した。

「堀内久司さんは平成一三年、つまり二〇〇一年の六月七日から二週間、綾瀬市内の民間一時保護施設、いわゆるDVシェルターに母親とともに入所している。当時の彼の年齢は九歳で座間市内の公立小学校の四年生だった。父親は会社員だったのだが、母親に対する暴力がかなりひどかったようだ。彼女の母親はもとは父親の同僚だったのだが、結婚を機に退職していた。DVが始まったのは久司さんが幼稚園の頃だそうだ。母親はいくらかの貯金があったそうで、シェルターから出ると二宮町にアパートを借りて住み始めた。その後、父親とは協議離婚が成立し、母親は神奈川県職員の採用試験に受かって平塚や小田原の県税事務所に勤務していた」

「順調に生活を再建できたケースですね」

「そうだな、こんなにうまく行くケースは珍しいだろう。ところが、そのＤＶシェルターの同じ時期の入所者のなかに驚くべき人物がいた」

康長は唇を歪めた。

「いったい誰なんですか？」

春菜には見当もつかなかった。

「うちの喜多尚美だ」

春菜の目をまっすぐに見て康長は言った。

「えっ！」

春菜は康長の顔を見たまま絶句した。

遠近感が狂って康長の顔が大きくなったり、小さくなったりした。

「そうなんだ。彼女の父親は公務員だったんだが、母親に対して暴力を振るっていたらしい。川崎市内の公立小学校五年生だった喜多も二〇〇一年の六月三日から二週間、綾瀬市内の同じシェルターにいた。喜多と堀内さんはひとつ違いだ。喜多が堀内さんを知っていた可能性は高い」

康長は苦渋に満ちた顔で言った。

「じ、じゃあ、なんで喜多さんは捜査本部にそのことを告げなかったんでしょうか」

春菜の声はうわずった。

「問題はそこなんだよ。小田原署の内田さんにも確認したが、喜多から堀内さんの情報は一切入っていない。彼女には隠さなきゃならない何かがあったんだと考えるしかない」

「まさかと思いますけど、彼女が堀内さんを……」

口にするのも恐ろしい言葉が春菜から出た。

「安心しろ。堀内さん殺しについては喜多にはアリバイがあるんだ。昨年の五月五日。彼女は沼津市獅子浜の《シーサイド獅子浜》というレンタルコテージに泊まっている。この施設は別棟のレストランで食事提供もするんだ。で、午後六時から七時くらいまで喜多は、そこのレストランで食事をしていた。その後、九時二〇分に届くようにルームサービスを頼んでいる。これはレストランの従業員の証言がとれている。その後も、学生時代の女友だちが東京から遊びに来ている。その岡田薫という女性は一一時三五分着の沼津行きに乗っていた。喜多は沼津駅の南口に迎えに行っているんだ。これも裏がとれている。友だちがコテージに来た後は朝まで飲んでいたそうだ。堀内さんの死亡推定時刻が午後七時半頃から午後九時半頃だとすると、喜多が彼を殺害することは不可能だ」

康長の声はかなり明るくなった。

「よかった……」

春菜は全身からクタクタと力が抜けるような気がした。

一緒に現場へ行ったときの尚美に怪しいようすは感じられなかった。

「ああ、まったくだ」

「内田さんと一緒に調べたんですね」

「そうだ。内田さんと俺で調べてまわった。喜多にそれとなく訊いたりしてね。だが、この結論が出て、二人とも本当にホッとしたよ。俺も嬉しかったが、内田さんはもっと喜んでいただろう。俺はしょせん、一ヶ月に満たないつきあいだが、内田さんは二年以上一緒に仕事してたんだ」

「でも、問題は残りますね」

春菜は苦しい言葉を口にした。

「うん、喜多自身が捜査本部にいて、なぜ堀内さんが知り合いであることを黙っていたのかは、大きな問題だ」

康長は唇を突き出した。

「同時期にシェルターにいても気づかなかったんじゃないんですか。あるいは一八年も前のことだけに記憶から失われていたとか」

春菜は自分でも信じていないことを口にした。

「その可能性がないわけではない。だが、その綾瀬市のシェルター施設に行って訊いてみたんだが、食堂は共同で入所者同士で調理するスタイルだ。食事も一緒にとることがふつうだそうだ。このスタイルは当時も変わらない。とすれば同い年ぐらいの子どもたちがお互いに気づかないとは思えないよ」

康長の言う通りだった。

「本人には確認していないのですね」

「ああ、少しでも疑いがある以上、裏を固めるまで本人には言わない。それが捜査の常道だ」

暗い声で康長は言った。仲間に対する疑義が彼を責めさいなんでいるようだった。

「もうひとつあるんだ。喜多は中学、高校と弓道部に所属していたんだ」

康長の声はさらに沈んだ。

「すると、愛矢は喜多さん……」

春菜の声は乾いた。

国府津海岸での尚美の鋭い目つきを春菜は思い出した。

「その可能性は低くはない」

康長は低い声で答えた。

「お話ししてくださってありがとうございます」

春菜は頭を下げた。

「あたりまえだ。ただ、この件は葛西にも言うなよ」

厳しい顔つきで康長は言った。

「わかりました」

短く春菜は答えた。

その日も定刻に退庁することができた。

すごく重たい気持ちで春菜は自分の部屋に帰った。今日は木曜日だ。専門捜査支援班に来てから、時間外はざらだが休日出勤はほとんどないので、明日一日勤めれば二日間の休みが続く。前の生安課も日勤ではあったが、土日二日続けて家にいた記憶はあまりなかった。必ずといっていいほど土日のどちらかに呼び出された。当直に当たることもあった。

今夜も就寝までまだまだ自分の時間が続く。だが、なにか楽しいことをする気にはならなかった。

どうしても事件のことを考えてしまう。

シャワーと食事をすませた後に、春菜はダイニングのテーブルにパソコンを持って来て起ち上げた。

マップで康長から聞いた沼津市獅子浜の《シーサイド獅子浜》というレンタルコテージを

検索する。

獅子浜という地名を春菜は知らなかった。

伊豆半島がいちばん狭くなっているのは、東側が網代温泉の北側の長浜あたり、西側が狩野川放水路の河口の江浦湾あたりだ。獅子浜地区の南側はこの江浦湾に突き出た小さな岬となっている。

沼津駅から南へ直線距離で六キロほど。沼津の市街地が終わりに近づくあたりである。ストリートビューで見ると、あたりはかなりのどかな景色のようだ。

伊豆の国市を経て下田へ向かう国道414号の海側に八棟ほどの小ぶりなコテージが並んでいる。海の眺めがよさそうだ。尚美が夕食をとったというレストランは国道を挟んだ反対側に設けられていた。

すぐの並びには《獅子浜ダイビングサービス》というダイビングショップがあった。

獅子浜から離れて、マップで国府津海岸や根府川駅のあたりを何度か眺めてみた。

いきなり頭のなかに火花が散った。

「えっ……もしかすると……」

春菜は顔から血の気が引くのを覚えた。

しっかり考えようと、春菜はノートを取り出して、いままでの経緯をざっくりと走り書きしてみた。

「でも、あり得ないことじゃない……」

春菜は恐ろしい可能性に気づいた。

ノートから顔を上げた春菜はスマホを取り出すと、自分の仮説が現実に行えるものかどうかを調べ始めた。

調べが進むうちに、春菜の鼓動はどんどん速まっていった。

「やっぱりそうなのか……」

すべてを調べ終えた春菜の背中に、冷たい汗が流れ落ちた。

残念ながら、仮説は実行可能だ……。

ざわつく胸を静めながら、春菜は康長の番号をゆっくりとタップした。

「おう、どうした？」

すぐに康長の意外そうな声が返ってきた。

「浅野さん、わたし、すごくおかしなことを考えついちゃったんです」

震えがちな声で春菜は告げた。

「なんだ、おかしなことって？」

「笑わないで聞いてくれます」

「細川の推理を俺はいつだって大まじめに聞いてるさ」

「実はぜんぜん違う図式が見えてきたんです……」

春菜は自分の推理をゆっくりと話した。

ほとんど相づちも打たずに康長は聞いていた。

話を聞き終わってもしばらく康長は黙っていた。

康長はやがて長く息を吐いた。

「確かめる必要があるな……」

かすれがちの声が耳もとで響いた。

「ええ、方法はあると思います」

春菜は自分が考えた戦術を康長に伝えた。

「よし、それでいこう。どうしたって、白黒はっきりさせなきゃならん」

鼻息荒く康長は答えた。

電話を切った後も春菜は重力の違う部屋にいるような錯覚に陥っていた。

自分の提案が果たして正しいものなのか自信がなくなってきた。

遠くでホトトギスの夜鳴きが聞こえた。

この季節はたまに風に乗って聞こえてくる。

やけにもの淋しく春菜の耳に響いた。

2

翌日の夜。九時半頃に春菜と康長は、国府津海岸の砂浜へ出る階段を降りていた。

『ラブライブ！』の聖地、すなわち第一事件の現場である。

「きれい！」

春菜は一瞬、ここへ来た目的を忘れて感嘆の声を漏らした。

目の前の海は一面、銀紗（ぎんしゃ）をひろげたように輝いている。

ゆるやかな波がうねると、波頭がきらきらと金色に輝いて散ってゆく。

「満月か……」

康長も惚れ惚れとした声を出した。

水平線の上に低い山並みのように雲が湧いている。宙空にある満月は顔を出した頃の赤い濁りも消え、蒼々（あおあお）と澄んだ光で世界を照らしていた。

「もう少し左側です」

春菜はさっそく芝居を始めた。

「そうか、どのあたりだ」

「西湘パイパスの支柱が並んでいますよね。滄浪P-87って標識のある支柱の近くです」

「そこがどうしたって言うんだ」

「堀内さんは自分が殺されることを予感していたんですよ」

「いい加減、ネタを明かせよ」

「まぁ、わたしが今日、必死で探したんですから。とにかくいま現物をお目に掛けますね」

ふたりは滄浪P-87の支柱へと歩み寄っていく。

このあたりは『ラブライブ！』で九人が並んでいた場所だ。

乾いた砂がパンプスの隙間から入り込むが、そんなことを気にしている場合ではない。

「来たぞ……」

抑えた声で康長が言った。

「どこに書いてあるんだ」

康長は芝居を続けた。

「ここですよ。犯人が誰だか示唆しています」

春菜の言葉が宙に残っているうちに、康長は背後を振り返った。

「やはり、君だったのか」

康長は悲痛な声で言った。

春菜もゆっくりと振り返った。

背後の五メートルほどの位置に黒革のライダースジャケット姿の女が立っている。

そよ風になびくミドルヘアの鮮やかな目鼻立ち。見たくないと願っていた顔だった。

きりっとした細面の美女は喜多尚美にほかならなかった。

春菜の鼓動はどんどん速まってゆく。

「わたしをはめたんですか」

乾いた声で尚美は訊いた。

「残念ながら、そういうことだ」

沈んだ声で康長は答えた。

「細川さんとの電話が落とし穴だったんですね」

尚美の声は淡々と響いた。

「君が気づくかどうか不安だったがな」

康長は頬を引きつらせて答えた。

今日の午後、春菜は康長に電話を掛けて『犯人の名前を見つけたから国府津海岸に一緒に行ってくれ』という趣旨の電話をした。康長は『国府津の現場だな。用事が詰まっているから夜になるな。クルマで迎えに行くから国府津駅で九時に待ち合わせしよう』という趣旨の返事をした。もちろん、事前に捜査一課七係の島に尚美がいることを確認してからの電話だった。

「でも、わたしは犯人じゃありませんよ」

「じゃあなぜ、ひそかにここに来たんだ」

「捜一でもない細川さんが、出しゃばっているのが気に食わなかったからです。あなたは刑事じゃないでしょ」

尚美はのどの奥で笑った。

「それはそうですけど」

春菜は尚美の言葉が信じられればどれほどいいかと思っていた。

「そんな言い訳が通ると思っているのか」

康長はつよい声で言った。

「どこまで調べたか存じませんけど、昨年の五月五日、わたしにはきちんとしたアリバイがあります」

尚美の口調は平らかだった。

「ごめんなさい。沼津の《シーサイド獅子浜》に泊まった夜のあなたのアリバイは崩せました」

　春菜ははっきりと事実を突きつけた。

「なにを言ってるの。わたしは夕方には獅子浜に行って午後六時から七時過ぎまでレストランで夕食をとったのよ。その後は部屋でくつろぎ、九時二〇分にはルームサービスを頼んでる。それから一一時三五分着の東海道線で東京から来た友だちを、沼津駅まで迎えに行った。そして朝まで友だちと一緒に飲んでたのよ。いったいどうやって、午後七時半から九時半の間にここに来られるというのよ。沼津から国府津海岸までは早くても一時間くらいはかかるのよ。午後九時半に出てもここへ着くのは一〇時半頃。死亡推定時刻はとっくに過ぎている。仮に一〇分で犯行を行って一〇時四〇分にここを出れば沼津駅には一一時四〇分くらいになってしまう。友だちを迎えるのにはギリギリじゃない」

　尚美は噛みつきそうな顔で言った。

「死亡推定時刻は正しいでしょう。堀内さんは午後九時二〇分過ぎに殺されたのだと思います」

「だから、それだとわたしはここには来られないんだって」

　激しい口調で尚美は抗（あらが）った。

「あなたがここへ来たのはもっと遅い時間です」

「言ってる意味がわからない」

「尚美さんが堀内さんを殺したのは沼津の《シーサイド獅子浜》の近くに停めたクルマのなかでしょう」

「な、なにを言ってるの……」

尚美の舌がもつれた。

「わたしの仮説を言います。あなたが夕食をコテージの別棟のレストランでとった後、堀内さんはあなたの部屋を訪ねてきたのです。七時過ぎでしょうね。もちろん、あなたが呼び出したのでしょう。沼津は『ラブライブ！サンシャイン!!』の聖地ですから、理由はなんとでも付くのではないですか。堀内さんは熱心なラブライバーでしたからね。

翌日の六日には聖地巡礼をしながら最後の時間を過ごそうとかなんとか言ったんじゃないんでしょうか。堀内さんはクルマで来たはずです。そう。ここで見つかったあのクルマです。あなたはルームサービスが来た直後に堀内さんをドライブに連れ出した。ルームサービスは戸口までしか来ていないそうですから、あなたを見ていますが彼を見ていなくてもあたりまえです。ドライブにはもちろん彼のクルマで出かけたんです。コテージの周辺は夜間は人気がありません。どこかでクルマを停めて話をしながら、午後九時二〇分過ぎに彼を平たい鈍器で殴って殺したんですね。車内に血が飛び散らないように苦労したのではないですか。九時半くらいに死体を助手席に乗せてあなたは沼津を出た。一〇時半くらいにここへ着き、死体を階段から突き落とした。堀内さんのクルマをあの階段の入口にぴったり寄せ、助手席に乗せた遺体を引きずり出して突き落とす。これくらいのことは鍛えている尚美さんならできるはずです」

尚美は黙って春菜の話を聞いている。

平静な表情だが、全身が小刻みに震えていた。

春菜は言葉を切って呼吸を整えると、推理の続きを話し始めた。

「その後、あなたは彼のクルマをすぐそばに駐車したまま駅へ向かった。国府津と沼津の間は五〇キロほどですが、クルマではうまくいって一時間。でも、電車だといくらか早く着くんです。お友だちの岡田薫さんが乗っていた沼津一一時三五分着の沼津行き電車は国府津は一〇時四二分発です。国府津駅へは歩いても間に合うでしょう。あるいは自転車か何かを使ったのかもしれません。岡田さんと車中で出くわすと大変ですから、工夫をしましたね。岡田さんはあなたにグリーン車を奨められて乗ったと言っていました。たとえば尚美さんが一号車に乗っていたら四号車か五号車の岡田さんと出会うおそれはない。そうです。あなたと岡田さんは同時に沼津駅に着いたのです。あなたは夕方のうちに沼津駅南口にある駅前パーキングに自分のクルマを停めていた。駅前からコテージに夕食を食べに帰るための戻りには自転車を使ったのではないですか。沼津駅と獅子浜は七キロほどです。自転車ならたいしたことはないですからね。あなたは岡田さんが駅前をウロウロしている間にパーキングからクルマを出し、いま獅子浜から駅に着いたように装って岡田さんを乗せてコテージまで戻ったのでしょう。いまの経路の防犯カメラの記録はすでに消去されているとは思います。いままで捜査本部は国府津海岸周辺しか調べていませんからね。なにも出てこなかったのは当然です。でも、この経路をしっかりと調べ直せば、いくつもの証拠が残っているはずです。残念ながら、あなたを立件することは難しくなさそうですよ」

春菜は大きく息をついた。

「わたしがなぜ堀内さんを殺さねばならないのよ」

尚美は眉間に深いしわを寄せて訊いた。

「あなたが愛矢だからです」

「なんの話よ。意味がわからない」

「堀内さんのダイアリに書いてあった、愛矢という言葉はあなたを指すものだった。つまりあなたと会う予定の日です。堀内さんは尚美さんを『ラブライブ!』の登場人物である園田海未になぞらえていた。あなたは弓道が得意だから、ラブアローシュートのセリフから思いついたんでしょうね。いずれにしてもあなたと堀内さんは恋人同士だった。ところが、堀内さんは一昨年の秋から高見樹里さんとつきあい始めた。二股だったのかどうかは知りませんけど、あなたはその事実を知って激怒した。しかも、堀内さんは樹里さんを選んで結婚の約束までした。あなたは許せなかったのです。だから、用意周到な計画を練って自分のアリバイを作って彼を殺した。国府津海岸に死体を遺棄したのは、あの場所で堀内さんが樹里さんにプロポーズしたことを知っていたからではないですか。あなたはあの場所を堀内さんの血で汚したかったのです」

春菜は最後の言葉に力を込めた。

「ふふふふ、わたしは自分で思ってたよりも、かなりバカだったみたいですね。でもね、細川さん、それはアヤと読むんじゃなくてアローだよ」

尚美は自嘲的に乾いた声で笑った。

ライダースジャケットの裾に手が伸びた。

「あっ！」

「よせっ！」

春菜と康長は同時に叫んだ。

尚美の右手で小型のオートマチック拳銃が光った。

SIG SAUER P230である。彼女に貸与されている装備品だ。腰にホルスターを着用していたのだ。

ゆっくりと尚美は拳銃の筒先を自分の右のこめかみにあてた。

銃身が月の光にかすかに光った。

「わたしにはもう夜明けはありません」

静かな声で尚美は言った。

「お、おい……そんなもの、早くしまえ」

康長の声は震えた。

春菜も全身がガクガクと震えて抑えようがなかった。

「細川さん、あなたの言う通り。久司を殺したのはわたし。まさか、あんなに念入りに仕組んだ犯行が、こんなに簡単に見破られるとは思ってもいなかった。誰も沼津になんて目を向けないと思ってた。でも、細川さんは沼津より先にこのわたしに目をつけたのね。見事よ。わたしには久司を許すことはできなかった。でも、自分を罰しなきゃいけないときが来たみたいね」

尚美は親指で安全装置をゆっくりと外した。

「おい、やめるんだっ」

康長が叫んだ。

春菜は声が出ない。

「じゃあ、やめましょう」

やわらかな声で尚美は笑みを浮かべた。

「そうだ。銃をおろしてくれ」

ホッとしたような声で康長は言った。

「考えが変わったの」

尚美は銃口をすばやく康長に向けた。

「な、なにをするんだ……」

康長は裏がえった声を出した。

春菜の背中は板のようにこわばった。

「あなたたちにも一緒に死んでもらう」

きつい声で尚美は言った。

「や、やめろ……」

康長の声はかすれた。

尚美は一歩一歩近づいてくる。

「腹いせ。それだけのこと。わたしはどうせもう助からない。だからふたりを道連れにしたい。それだけ」

抑揚のない声で尚美は言った。

目が据わっている。尋常な精神状態でないことがありありとわかった。

春菜の背中に汗が噴き出した。

「ひとの生命をなんだと思っているんだ」

怒りに尖った声で康長は言った。

「そう……ひとの生命は弱い。そして……人の愛はもろい」

尚美はさらに近づいてきた。

銃口はまっすぐ康長の額を狙っている。

三メートル、二メートル、一メートル。

決断をしなければならないときが来た。

ひとつ間違えれば誰かが死ぬ。自分か康長か、あるいは尚美かもしれない。

だが、このままでは康長の額に穴が開く。

即死だろう。

(ええいっ)

春菜は砂を蹴り立てた。

右脚を高く蹴り上げる。

大きく砂が舞い上がった。

春菜のつま先が尚美の右手に飛んだ。

風のうなりが足もとに響いた。

「うわっ」

尚美は叫んだ。

右手の拳銃がすっ飛んだ。

春菜の右脚は砂の上に戻った。

二メートルくらい先の砂の上に拳銃が飛んだ。

尚美は蹴られた右手を押さえて中腰になった。

「浅野さんっ」

春菜は叫んだ。

「まかせろっ」

康長は尚美に突進して突き飛ばした。

砂が跳ね上がる。

「いやっ」

叫ぶ尚美の右手に康長は手錠を掛けた。

硬い金属音が響いた。

「馬鹿なことをするな」

続けて左手にも手錠を掛けて康長は静かに言った。

「わたしの負けね」

尚美はかすかに笑った。

「そう思うなら、おとなしくクルマに乗れ」

康長は諭すように言った。

「わかった。もう暴れないから」

平らかな声で言って尚美は立ち上がった。

「おい、細川、拳銃を頼む」

「了解ですっ」

春菜は砂の上から拳銃を拾い上げた。

江の島署時代は犯人逮捕に向かうときなどはこれと同じ拳銃を携帯することがあった。扱いには慣れている。春菜はまず安全装置を掛けた。ホルスターがないので仕方なく肩から下げているショルダーバッグにしまった。

康長は逃亡防止のために尚美の身体に捕縄を掛けた。

「さ、行くぞ」

尚美の左右を康長と春菜が囲んで階段を上った。

階段の入口近くに二五〇ccの黒いネイキッドバイクが駐まっていた。

「あれは喜多のバイクか」

「そう……誰かに取りに来させて。邪魔だから」

感情のこもらない声で尚美は言った。

少し歩いた路肩に駐めてあった覆面パトの後部座席のドアを春菜は開けた。

尚美は素直に車内に入り、康長から捕縄を受け取った春菜も乗り込んだ。

康長が運転席に座ってイグニッションキーをまわした。

覆面パトは静かに走り出した。

沈黙が車内を覆っていた。

3

西湘バイパスに入ると広々とした海が見えた。

満月が海上に月の道を作っている。

尚美は『ムーンリバー』を鼻歌で静かに歌い出した。

いったいいま、どんなこころで尚美はいるのだろう。

「堀内さんとはDVシェルターで出会ったのね」

春菜は静かに訊いた。

「そう……わたしは小学校の五年生、彼は四年生。わたしも彼も追い込まれていた。お互いロクデナシの父親の暴力に脅えていた。ご飯のときに一緒だったけど、彼はいつもビクビクしてた。それなのに彼は『ここに悪いヤツが来たら僕がお姉ちゃんを守る』って言ってくれた。わたしおませだったから、彼に恋をした。でも、半月足らずで別れちゃったから。ずっと彼のことを考えてた」

尚美は淡々と話し始めた。

「本部のコンビニで会ったときに、おにぎりは苦手だって言ってたけど、その頃のお話なのね」

あのときの尚美の淋しげな表情を春菜は思い出していた。

「あんとき、そんなこと言ったのかな」

「うん、わたしがおにぎり買って、あなたがサンドイッチ買ったとき」

「おにぎりはね、シェルターで母とふたりでよく握った。みんなの分もね。母はね、シェルターに逃げてきたことをどこか恥だと思ってたんだ。だから、おにぎり握りながらよく泣いてた。そのときはあんまりわからなかったけど、みじめで悔しかったんだと思う。いつも母が泣いてたから、そんときからおにぎりが嫌いになったんだよ」

「そうだったの……」

春菜はどう答えてよいのかわからなかった。

「やがてシェルターは出られた。無事に家を借りられてクソオヤジから離れられて、貧しくても母とふたりで平和な暮らしができるようになった。それでも彼のことはずっと思ってた。彼だけが憧れの人だったの。高校を卒業して無事に警察官になれた。警察官なんて仕事に就いたのも、本当はこころの奥底に暗闇がひろがっててそれが怖かったから。そんな精神的な暗黒から逃げたかったから」

春菜は言葉を失った。

精神的な暗黒から逃げたくて警察官になったとはなんと悲しい言葉だろう。自分の志望動機も悲しい思い出とつながっているが、尚美のように空虚なものではない。

「警察学校を出ての交番勤務は三崎警察署管内だったけど、小田原署の地域課に配属されてパトカーに乗務するようになった。国府津海岸のパトロールをしているときに彼と出会った。

二二歳の時だった。彼は『ラブライブ！』のファンだったから聖地巡礼よ。夕陽を見に来てたの。わたしはアニメなんて好きじゃないけど、純粋な彼の気持ちにできるだけ寄り添いたいと思った」

尚美がアニメファンでないからこそ、今回の事件は聖地で起こったのだ。

「そのあとすぐにつきあうようになった。わたしは待機寮にいたから非番のときに彼のアパートに行くことが多かった。まだ若かったし、寮の連中とかに知られるといじめられるから、ずっと秘密交際だった。彼はやさしかった。そう、いつもやさしかった。シェルターにいたときと同じように『僕が君を守る』っていつも言ってくれてた。実際には彼は腕力もないし、逮捕術も知らない。わたしのほうがずっと強いんだけどね」

笑うように尚美は顔をしかめた。

「そうだよね……」

春菜の声はかすれた。

尚美はかるくあごを引くと、ふたたび口を開いた。

「その後数年経って、ある年の冬にわたしがひどいインフルエンザにかかったことがあった。県内出身のわたしは定員の関係で独身寮には入れずアパート住まいだったから、自分の部屋で寝込んでいた。三九度を超える熱が続いている間、彼は二日も会社を休んで付き添ってくれた。自分だって伝染るかもしれないのに……。それでね、食べきれないくらいたくさんのものを買ってきてくれた。リンゴもすり下ろして食べさせてくれた。子どもの頃に熱を出したとき、彼のお母さんが作ってくれた特別メニューなんだって。食べればきっとすぐに治るって……。そのときも彼は『僕が君を守る』って言ってたんだよ」

遠くを見るような目つきで尚美は言葉を継いだ。

「わたしは小さい頃からずっと彼と恋人だったみたいに錯覚していた。それでね、この恋は永遠に続くと思い込んでいた。わたしはアニメなんかに興味はないけど、彼が熱心だから聖地巡礼にはつきあった。こっそりね。その頃から彼はふざけて、わたしのことを愛矢って呼び始めた。理由は細川さんが言ってた通りだよ。ついでに言うと曲がったことが大嫌いだったから園田海未になぞらえたのよ。そのうちにわたしは刑事課に異動になった。彼と会うのが難しくなったけど、それでも彼はスケジュールをかなり合わせてくれた。平和だった。小さい頃からあんなに安心できる日々はなかった」

「彼にとってあなたは本当に大切な人だったのね」

尚美はかすかにあごを引いた。

急に尚美は眉を寄せて暗い表情に陥った。

「でも、一昨年くらいから彼の態度がおかしくなったんだ。なんだかんだ理由をつけて家にも寄せ付けなくなった。わたしは不安で不安でそのわけを知りたくて彼を尾行した。こっちはプロだからね、尾行は簡単だった。彼女の素性も調べたよ。悪い子じゃないだけに悔しかった。でも、あの子にはあの子にふさわしい彼がいるはずでしょ。わたしには彼しかいなかった」

尚美はちょっと言葉を切った。

「お茶飲む？」

春菜はショルダーバッグからペットボトルを取り出した。

両手が縛められているので、口もとにペットボトルを持っていった。

「ありがとう。もういい」

春菜はペットボトルのキャップを閉めた。

「国府津海岸はあなたにとってどんな場所だったの」

「あそこはね、わたしと彼が再会した場所なんだよ。そう、地域課のパトカーに乗ってたとき、会った場所なんだ。それだけじゃない。ふたりで初めて行った聖地なんだよ。あの頃はまだ護岸工事はやってなかったから、弧を描いているコンクリート階段があってね。初の聖地巡礼はアニメまんまの夕映えのなかだった。ふたりして階段に腰掛けて缶ビール飲んだんだよ。楽しくて幸せで平和で、ほかになにもいらなかった」

おだやかな表情で尚美は嘆息するように言った。

「すごく大切な場所だったのね」

うなずくと、尚美の表情は急に陰惨なものに変わった。

「実はね、わたし知ってたんだ。彼がプロポーズしたこと。あれは日曜日で、あの日もわたし尾行してたからね。こともあろうにあの場所でだよ。そのうちに彼は別れてくれと言い出した。あの子と結婚するって。わたしは許せなかった。なんで、あなただけが頼りのわたしを捨てて、あんな子と生きていこうとするのって、そう思い続けた」

「わかるような気がする」

春菜は尚美の気持ちに同情を隠せなかった。

しかし、だからといって、犯行が許されるはずはない。

「天国から地獄だよ。わたしのこころはズタズタ。ゴミ箱に捨てられてるぼろぞうきんそのもの。どうしても許せない。許したくなかった。彼をこの世から消すしかなかった。彼がこの同じ空の下であの子と幸せに暮らしてるなんてあり得ない。だから……」

尚美は言葉を途切れさせた。

「だから、獅子浜近くの海辺の駐車場で話をしようとそそのかして彼に運転させた。わたしは自分のザックにA４くらいの小さな鉄板を隠し持っていた。あれなら目立たないからね。

駐車場に入ってクルマを停めた後、彼はタバコを吸おうとライターを探していた。いまだと思った……」

尚美は息を吸い込んだ。

全身が粟立つ感覚に春菜は襲われた。

「わたしは思い切り彼の頭を殴った……すべてが終わった」

低い声で尚美は苦しげに息を吐いた。

春菜は答えを返せなかった。

しばし沈黙が続いた。クルマのルーフの風切り音とかすかなエンジン音だけが響いた。

「薄田さんの事件は葛西さんの考えた通りだったの？」

「あなたも優秀だけど、葛西さんもすごいね。専門捜査支援班はヲタクの集まりかと思ってたけど、みんな頭よすぎる。そう、わたしスキューバダイビングやってたからね。あんな道具も扱うの簡単だよ。《シーサイド獅子浜》もダイビングで使ってたコテージなんだ」

「すぐ近くにダイビングサービスがあるね」

「あんなに沼津駅に近いのに、獅子浜にはダイビングスポットがあってね。サクラダイ、スズメダイ、チョウチョウウオとか。そんなきれいな魚がいっぱいいるんだよ。海に潜ると解放感があったな」

尚美は口もとに笑みを浮かべた。

「で、なんであんな……」

「あいつはクズ野郎なんだよ。どうしようもない人間さ」

まずいものを口に入れてしまったような顔で尚美は言った。

「クズ野郎なのね」

「そう。実はね、誰にも言わないってお互い約束してたのに、久司はあのクズ野郎だけにはわたしのこと少しだけ話してたんだ。警察官であることとか、幼なじみであることとか。酔っ払ったときにね。あのふたりはラブライバー仲間なんでたまに飲んでたんだ。それだけならまだいいんだけど、あの事件の前に、明日は沼津に行くってメッセージ送ってたんだよ。わたしと一緒にとは書かなかったんだけどね。あのクズ野郎は国府津海岸の事件が報道された後にひとりでいろいろ調べまわったらしい。それで、わたしを脅し始めたってわけ」

「お金を要求してきたの」

「そう。明日は沼津に行くってメッセージをお宅の上司に送ってやろうかってね。最初は一〇万、二回目は三〇万、三回目は五〇万を脅し取られた」

「どんどん増えていってる」

「ああいう恐喝をやる連中の手口は、もちろんわたしも知っている。でもね、弱みを握られたらふつうの被害者と同じようになるんだなって痛感した。でも、それだけならお金を払い続けたかもしれない」

「次にはなにを要求してきたの」

嫌な予感を抑えて春菜は訊いた。

「わたしの身体よ」

「ひどいっ」

春菜の身体の奥に薄田に対する激しい怒りが湧いてきた。

「五月五日の火曜日に、あの根府川の《ロッジしおかぜ》で待ってるからっていう脅しを掛けてきたんだよ。そう、四月のなかば頃かな。で、わたしは四月二五日にあそこを借りて綿密に調べた」

「管理人の富島さんは、この前ぜんぜん気づいてなかったね」

尚美のことを覚えているようすはなかった。

「警察OBのじいさんね。わたし五月五日にはちょっと変装してたけど、刑事にはなれないね。あの人は」

尚美はちいさく笑った。

「地域課畑だって言ってたね」

「そうだった。わたしもまさか警官上がりだとは思ってなかったけどね。とにかく、あのコテージをよく調べて計画を練った。当日、わたしが部屋に入って行くと、あの下衆野郎はヘラヘラとスケベな顔して待ってたよ。抱きつこうとするから、さっそく当て身を喰らわして介護用の拘束具で自由を奪って……葛西さんの推理通りよ。あいつの脂ぎった顔を蹴り飛ばしたかったけど、それじゃあ自殺にならないから、必死に我慢したんだ。とにかくあんなクズ男、あんまりいないよ。ああいう男がＤＶの加害者になるんだ」

吐き捨てるように尚美は言った。

「たしかにひどい男だね」

だが、どんなひどい男でも殺してならないことに変わりはない。

「そのあと、あいつのスマホからわたしとの通話記録や久司とのメールをはじめ、プライベートなデータや連絡先を全部消した。それでメモアプリを起ち上げて遺書を書いた。誰かに遺書を見てもらわなきゃ困るからロックを解除しといたんだ」

尚美は淡々と話した。

「やっぱりそうだったのね」

うそ寒い声で春菜は言った。

「これでおしまい。詳しい事実は、捜一でどうせまた話すことになるけど、わたしの気持ちはぜんぶ話せたよ」

尚美はちいさく笑った。

「ぜんぶ話してくれてありがとう」

春菜は頭を下げた。

「あなたに聞いてもらってよかったよ。細川さんはきっとわたしの気持ちをわかってくれると思ってる」

「ごめん。あなたの気持ちにはなれない」

春菜は正直に答えた。

「そうか。細川さん、好きな人いるの？」

「いいえ、そんな人いない」

「じゃあわかんないよね」

反論しようがなかった。だが、春菜には別に言うべきことがあった。

「ひとつだけ言わせて。尚美さんはさっき『わたしのこころはズタズタ』って言ってたね」

「ああ、本当にその言葉の通りだからね」

「樹里さんがね、『あの日にわたし壊れたんです。わたしの生活も未来もすべて壊れたんです』ってわたしに言ってた」

　春菜は事実をありのままに伝えた。

「そんなことを」

　尚美はのどの奥でうなった。

「あの子には何の罪もないのよ。でも、彼女はうつ状態になって、ずっと心療内科に通っていた。あなたはひとりの女の子のこころを壊した。それだけは忘れないで」

　春菜は静かに言った。

　尚美の両目から涙がこぼれ落ちた。

　声を立てて尚美は泣き始めた。

　背中を丸め、身体を震わせて尚美はいつまでも泣いていた。

　パトカーはいつの間にか、新湘南バイパスに入っていた。

　満月に照らされる住宅地を左右に眺めながら春菜のこころを重苦しい陰鬱がふさいでいた。

　人間とはなんと悲しく愚かな生き物なのだろう。春菜自身もその悲しく愚かな人間のひとりなのだ。

　そんな人間たちの住む街を、いよいよ高くますます冴えた月が見おろしていた。

4

翌日八時を待って、春菜は樹里に電話を掛けた。

土曜日なので、春菜は休みだった。

今日は彼女は勤務日のはずだから、出かける前に伝えたかった。

「樹里さん元気？　細川です」

「あ、春菜さん、おはようございます」

樹里の声は意外と明るい。

これから伝えなければならないことを考えて、春菜は憂うつになった。

「おはようございます。お出かけ前にごめんね」

「まだ三〇分くらい大丈夫です」

「実はね、大切なことをお伝えしなくちゃならないの」

春菜の声は曇った。

「え？　なんですか？」

きょとんとしたような樹里の声だった。

「犯人が逮捕されました」

　ゆっくりと春菜は伝えた。

「えっ、本当ですか？」

　樹里は小さく叫んだ。

「ええ、昨夜逮捕されました。そのうち報道されると思うけど、それより前にあなたにはお話ししたかったの」

　午前一〇時には県警刑事部長たちが記者会見で発表するだろう。すでに本部内は大騒ぎになっているはずである。なにせ現職警察官、しかもエリートである捜査一課の刑事がふたりの人間を殺害したのである。

「ありがとうございます。で、犯人はどんな人なんですか」

　答えたくない。が、それではなんのために電話しているのかわからない。

「二九歳の女性。現職の警察官です」

　春菜は苦しい言葉を発した。

「女性で警察官なんですね」

「そうです。ごめんなさい」

　樹里はしばし黙った。

「久司くんはどうして殺されなきゃならなかったんですか」

食って掛かるように樹里は訊いた。

「詳しくは報道されると思うけど」

春菜は口ごもった。

「わかりました。報道を見ます」

尖った声で樹里は言った。

これではいけない。樹里の気持ちを考えれば、もっときちんと説明しなくてはならない。

「堀内さんに別れると言われて腹を立てた、そう供述しています」

さすがに樹里の名は出せなかった。

「え、え、じゃあその女性は、元カノだったんですか」

樹里の声は大きく震えた。

「そうです……堀内さんを失いたくなかったって言ってるの」

春菜は力なく言った。

怒りの籠もった低い声だった。

「そう思うよ。犯人は勝手すぎる」

「そんなの勝手すぎます」